LE MASQUE
Collection de romans d'aventures
créée et dirigée par
ALBERT PIGASSE

————

TROIS SOURIS...

GW00746669

Agatha Christie

TROIS SOURIS...

Traduit de l'anglais par Maurice-Bernard Endrèbe

Librairie des Champs-Élysées

*Ces nouvelles sont extraites du recueil paru
sous le titre original :*

THREE BLIND MICE
and other stories

TROIS SOURIS...
(Three blind mice)

Trois souris (bis)
N'y voyant mie (bis)
Trottinaient dans la chaumière
Mais sortant son couteau, la fermière
Leur a tranché la queue avec colère
Aux trois souris.

Il faisait froid. Le ciel londonien était sombre et tout chargé de neige. Un homme vêtu d'un pardessus foncé, le visage enfoui dans un cache-nez et le bord de son feutre rabattu sur les yeux, gravit les marches du 74 Culver Street. Pressant le bouton de la sonnette, il l'entendit grésiller au sous-sol.

– Le diable emporte cette sonnette! s'exclama Mrs Casey, occupée à nettoyer son évier. On ne peut jamais être tranquille.

Soufflant un peu, elle monta les marches conduisant au rez-de-chaussée et ouvrit la porte de la rue. L'homme, dont la silhouette se découpait sur le ciel bas, s'enquit dans un murmure :

– Mrs Lyon?

– Deuxième étage, répondit Mrs Casey. Est-ce qu'elle vous attend?

L'homme secoua la tête.

– Bon, montez... Vous n'aurez qu'à frapper.

Elle suivit du regard la progression du visiteur dans l'escalier aux marches recouvertes d'un tapis usé. Par la suite, elle devait déclarer « qu'il lui avait fait une drôle d'impression ». Mais, à la vérité, elle pensa simplement qu'il devait être bien enrhumé pour parler à voix si basse.

En atteignant le palier du premier étage, l'homme se mit à siffloter un petit air qui était celui des *Trois Souris.*

I

Reculant jusqu'à la route, Molly Davis considéra le panneau fraîchement peint qu'elle venait d'accrocher à la grille :

MONKSWELL MANOR
Pension de famille

et eut un hochement de tête approbateur. On aurait vraiment dit que c'était l'œuvre de quelqu'un du métier. Certes, le *O* de « pension » semblait vouloir s'élever comme une bulle au-dessus des autres lettres qui, à la fin de « famille », avaient un peu tendance à se coller les unes aux autres, mais, dans l'ensemble, Giles s'en était vraiment bien tiré. Décidément, il excellait en un tas de choses, mais il parlait si peu de lui-même que c'était seulement petit à petit que Molly découvrait la multiplicité de ses dons. Ainsi se vérifiait, une fois de plus, la commune assertion qu'il n'y a pas plus débrouillard qu'un ancien marin.

Pour ce qu'ils venaient d'entreprendre, tous ses talents ne seraient pas de trop, car Giles aussi bien que Molly manquaient totalement d'expérience dans l'art de tenir une pension de famille.

C'est Molly qui en avait eu l'idée. A la mort de sa tante Katherine, lorsque le notaire l'avait informée que la vieille dame lui léguait Monkswell Manor, la réaction instinctive du jeune couple avait été de vendre la propriété. Il s'agissait d'une vieille bâtisse, immense et toute pleine de choses datant du règne de la reine Victoria. La maison était entourée d'un beau jardin mais qui, extrêmement négligé durant les trois années qui avaient suivi la guerre, était maintenant plus ou moins retourné à l'état sauvage.

Giles et Molly avaient donc décidé de mettre la maison en vente après y avoir simplement prélevé de quoi meubler le petit cottage ou l'appartement qu'ils habiteraient.

Deux difficultés s'étaient aussitôt présentées. D'abord, l'impossibilité de trouver un petit cottage ou un appartement, et ensuite les dimensions gigantesques de tous les meubles.

– Alors, dit Molly, il ne nous reste plus qu'à vendre le tout. C'est vendable, je suppose?

Le notaire lui assura que, depuis la guerre, il n'était rien qui ne trouvât preneur.

– La propriété sera très probablement achetée par quelqu'un désireux d'en faire un hôtel ou une pension de famille, ajouta-t-il. Auquel cas, il est fort possible que l'acquéreur souhaite l'avoir toute meublée. Vous avez la chance qu'elle soit en bon état et ne nécessite aucune réparation.

C'est alors que Molly eut son idée.

– Giles, dit-elle, pourquoi n'en ferions-nous pas nous-mêmes une pension de famille? Nous prendrions seulement quelques clients pour commencer... C'est une maison facile à entretenir... avec le chauffage central et une cuisinière à gaz. Nous pourrions, en outre, élever des poules et des canards, produire nous-mêmes nos œufs et nos légumes...

– Mais qui ferait tout le travail? N'est-il pas très difficile de trouver des domestiques à l'heure actuelle?

– Oh! il faudra que nous nous y attelions... Mais où que nous habitions, ce sera la même chose, et quelques personnes en supplément ne donnent pas tellement plus de travail. N'aurions-nous que cinq pensionnaires, payant chacun sept guinées par semaine...

Molly s'abandonna à un calcul mental des plus optimistes.

– Et pense aussi, Giles, conclut-elle, que nous serions *chez nous*, dans *nos* meubles... Alors que, au train où vont les choses, il va peut-être s'écouler des années avant que nous ne trouvions un endroit où nous installer.

Giles dut convenir que c'était exact. Et ils avaient passé si peu de temps ensemble depuis leur mariage précipité qu'ils aspiraient tous deux à se fixer enfin quelque part.

Les deux jeunes gens s'étaient donc lancés dans cette grande entreprise. La presse locale aussi bien que le *Times* avaient publié des annonces insérées par leurs soins et qui leur avaient valu de nombreuses lettres. A présent, le jour était venu où ils attendaient leur premier client.

Giles était parti de bonne heure avec la voiture pour tâcher d'acquérir un lot de grillage, surplus de l'armée, dont la vente aux enchères devait avoir lieu à l'autre bout du comté. De son côté, Molly avait annoncé son intention de se rendre au village pour y effectuer quelques ultimes achats.

La seule chose qui n'allait pas, c'était le temps.

Depuis deux jours, il faisait un froid de canard et voilà maintenant que la neige se mettait à tomber. Tandis qu'elle se hâtait de regagner la maison, Molly en reçut les premiers gros flocons sur son imperméable et ses cheveux. Et les prévisions météorologiques étaient extrêmement pessimistes!

La jeune femme fit des vœux pour que les canalisations ne gèlent pas. Ce serait vraiment trop triste si tout allait de travers juste au moment où ils se lançaient dans l'industrie hôtelière. Elle consulta sa montre : 5 heures passées. Giles serait-il déjà de retour pour lui demander d'où elle venait? Dans ce cas, elle lui répondrait : « J'ai dû aller jusqu'au village pour des choses que j'avais oubliées. » Et il s'enquerrait en riant : « Encore des conserves? »

Les conserves étaient devenues entre eux un sujet de plaisanterie. Ils achetaient toutes celles qu'ils pouvaient trouver et le placard de l'office était maintenant bien garni. De quoi soutenir un siège!

Son mari n'étant pas encore de retour, Molly monta inspecter les chambres nouvellement aménagées. Elle destinait à Mrs Boyle celle orientée au midi, avec le lit à colonnes. Le major Metcalf aurait la chambre bleue meublée de chêne clair et Mr Wren, la chambre dont la grande baie ouvrait à l'est. Toutes ces pièces semblèrent des plus accueillantes à Molly, qui arrangea les plis d'une courte-pointe puis redescendit au rez-de-chaussée. Il faisait maintenant presque nuit et la maison lui parut soudain intensément silencieuse. C'était une demeure isolée, à trois kilomètres du village, « à trois kilomètres de tout », comme disait Molly.

Ce n'était pas la première fois que la jeune femme se trouvait seule dans la maison, mais jamais encore elle n'y avait eu aussi fortement conscience de sa solitude...

Des rafales de neige battaient les vitres avec un bruit ouaté qui ne laissait pas de causer un vague malaise. Et si la couche de neige devenait tellement épaisse que Giles se trouvât dans l'impossibilité de revenir avec la voiture? Si Molly était obligée de rester toute seule dans la maison pendant des jours et des jours?

La jeune femme regarda la cuisine autour d'elle... Une grande belle pièce qui semblait appeler la présence d'une imposante cuisinière, laquelle, assise à la table, eût bu du thé noir et mastiqué des biscuits, flanquée de deux femmes de chambre – dont une pour servir à la salle à manger –, cependant que, un peu à l'écart, la laveuse de vaisselle aurait considéré ces dames avec un respect craintif. Mais au lieu de tout ce monde, il y avait juste elle, Molly Davis, en train de jouer un rôle dans lequel elle ne se sentait pas encore très à l'aise. Et en cet instant, plus rien dans sa vie ne lui paraissait bien réel, pas même Giles...

Une ombre passa devant la fenêtre, et Molly sursauta... Un inconnu survenait à travers la neige. Elle entendit s'ouvrir la porte de service, et l'homme prit pied sur le seuil, secouant la neige qui couvrait ses vêtements, puis il pénétra dans la maison déserte.

Alors, brusquement, l'illusion se dissipa.

– Oh! Giles! Que je suis contente de te voir de retour!

– Bonsoir, ma chérie! Quel sale temps! Je suis gelé!

Giles se mit à souffler dans ses mains tout en battant la semelle.

11

D'un geste coutumier, Molly prit le pardessus que, suivant son habitude, son mari avait jeté avec désinvolture sur le coffre de chêne. Elle le suspendit à un cintre, retirant ce qui en gonflait les poches : un cache-nez, un journal, une pelote de ficelle et le courrier du matin. Passant dans la cuisine, elle posa tout cela sur le buffet et mit la bouilloire à chauffer.

– Tu as mis bien longtemps, remarqua-t-elle. As-tu eu le grillage?

– Il ne convenait pas à l'usage que nous voulions en faire. On m'avait signalé une autre vente du même genre, mais ça n'allait pas non plus. Personne n'est encore arrivé, je suppose?

– Mrs Boyle ne sera là que demain, tout comme le major Metcalf qui nous a envoyé une carte pour nous en avertir...

– Nous n'aurons donc ce soir que Mr Wren. Comment l'imagines-tu? Je lui vois assez bien le genre fonctionnaire en retraite.

– Non, je crois plutôt que c'est un artiste.

– Dans ce cas, dit Giles, mieux vaudra lui faire payer une semaine d'avance!

– Oh, non, Giles... Si les gens ne payent pas, nous aurons toujours la ressource de garder leurs bagages.

– Et si leurs bagages ne contiennent que des pavés enveloppés dans des journaux? La vérité, Molly, c'est que nous ignorons totalement à quoi l'on peut s'attendre dans une pareille entreprise. J'espère que nos hôtes ne se rendront pas compte de notre inexpérience.

– Mrs Boyle s'en rendra sûrement compte, elle.

– Qu'en sais-tu? Tu ne l'as pas encore vue!

Se détournant sans répondre, Molly prit un morceau de fromage qu'elle entreprit de râper.

– Que nous prépares-tu?

– Une fondue galloise, déclara Molly. Autrement dit, de la chapelure et de la purée de pommes de terre, avec un rien de fromage pour justifier l'appellation.

– Quel cordon-bleu tu es! s'émerveilla Giles.

– Hum! je me le demande... Je ne sais faire qu'une chose à la fois. Mon cauchemar, c'est le petit déjeuner où tout doit être servi en même temps : œufs au bacon, café, lait, toasts! Le lait débordera, ou bien les toasts seront calcinés, ou les œufs trop cuits! Pour s'occuper de tout cela, il faudrait avoir autant de bras qu'une déesse hindoue!

– Demain matin, à ton insu, je me faufilerai jusqu'ici afin de te voir en déesse hindoue!

– L'eau commence à bouillir, dit Molly. On emporte le plateau dans la bibliothèque pour écouter la radio? Il est presque l'heure des informations...

– Comme nous sommes appelés à passer la majeure partie de notre temps à la cuisine, nous ferions bien d'y avoir un second poste de radio, remarqua Giles.

– En effet, oui. Cette cuisine me paraît être, et de loin, la pièce la plus agréable de toute la maison. J'aime la façon dont elle est meublée, avec toutes ces faïences, et le sentiment de puissance que procure cet immense fourneau à charbon... Mais je bénis le ciel de n'avoir pas à m'en servir! Pense à ce qu'on a dû y rôtir : des aloyaux entiers, des selles de mouton... Et, dans d'énormes chaudrons en cuivre, on préparait de la confiture de fraises, avec des livres et des livres de sucre! Ah! comme ce devait être agréable de vivre à l'époque victorienne!

– Viens donc écouter les informations, pour que nous sachions ce qui se passe à la nôtre, d'époque!

Comme nouvelles, il y eut des prévisions de plus en plus sombres concernant le temps, la politique étrangère se trouvait engagée dans l'habituelle impasse, et l'on termina par un fait divers : un meurtre survenu à Londres, dans Culver Street.

– Brrr! fit Molly en éteignant le poste. Rien que des choses pénibles! Alors, je ne tiens pas à les entendre; de surcroît, nous recommander encore des économies de combustible! Qu'espèrent-ils donc? Que nous nous résignions à geler sur place? Ah! nous aurions bien mieux fait d'attendre le printemps pour nous lancer dans notre entreprise! (Puis changeant de ton :) Je me demande comment était cette femme qu'on a assassinée...

– Mrs Lyon?

– Elle s'appelait comme ça? Qui a bien pu la tuer, et pour quelle raison...

Une sonnerie stridente les fit sursauter tous les deux.

– C'est la porte de devant, dit Giles. Entrée de l'assassin, ajouta-t-il d'un ton facétieux.

– Dans une pièce policière, ce serait sûrement le cas. Mais, en l'occurrence, il doit s'agir de Mr Wren.

Mr Wren entra, précédé d'une rafale de neige, et tout ce que Molly vit du nouveau venu, depuis le seuil de la bibliothèque, fut sa silhouette se découpant sur la blancheur extérieure.

« Comme les hommes peuvent se ressembler,

pensa-t-elle, sous la livrée que leur impose l'hiver : pardessus sombre, feutre souple et cache-nez autour du cou. »

Giles s'était empressé de refermer la porte sur les éléments déchaînés. Mr Wren posa sa valise, retira son chapeau et dénoua son cache-nez, se révélant ainsi être un jeune homme pourvu d'une crinière de cheveux d'un blond roux, avec des yeux pâles, extrêmement mobiles, et une voix haut perchée.

– Epouvantable! s'écria-t-il. L'hiver anglais dans toute son horreur! On se croirait reporté à l'époque de Dickens, avec Scrooge et Cie! Il faut avoir du cœur au ventre pour ne pas se laisser abattre par un temps pareil! Quel voyage j'ai fait depuis le pays de Galles... Mais seriez-vous Mrs Davis?

La main de Molly se trouva promptement emprisonnée entre celles de l'arrivant.

– Ah! poursuivit-il, quelle agréable surprise! Je ne vous imaginais pas du tout comme cela, figurez-vous! Plutôt dans le style veuve-d'un-général-de-l'armée-des-Indes, sèche et autoritaire. Et j'avais peur aussi que la maison fût sinistre, très manoir antique, alors que je la découvre solidement, confortablement victorienne! Dites-moi, auriez-vous par hasard un de ces magnifiques buffets en acajou, avec de gros fruits sculptés?

– Oui, nous en avons précisément un, répondit Molly, quelque peu noyée sous ce flot de paroles.

– Non! Où est-il? Ici?

Avec une déconcertante promptitude, Mr Wren avait ouvert la porte de la salle à manger, trouvé le commutateur. Molly le rejoignit, consciente de l'air désapprobateur de Giles.

Mr Wren émit une série de cris ravis tandis que ses longs doigts osseux caressaient les riches sculp-

15

tures du buffet. Puis il se retourna et jeta vers Molly un regard de doux reproche.

– Quoi! fit-il. Pas de grande table assortie? Vous lui avez préféré cet éparpillement de petits guéridons?

– Nous avons pensé que nos clients aimeraient mieux ne pas prendre leurs repas en commun, répondit Molly.

– Mais bien sûr, ma chère! Vous avez cent fois raison! Je me laissais emporter par ma passion pour les ensembles d'époque. Il va sans dire que ces grandes tables ne s'imaginent pas sans la famille idoine autour : le père, grand et encore bel homme, avec une barbe... La mère, prolifique et fanée... Leurs onze enfants... La gouvernante à l'œil sévère... Plus celle qu'on n'appelle jamais que « cette pauvre Harriet », la parente sans fortune qui aide un peu à tout et qui est tellement, tellement reconnaissante qu'on lui accorde l'hospitalité... Regardez-moi cette cheminée! Représentez-vous les feux qu'on y devait faire et qui rôtissaient le dos de cette pauvre Harriet!

– Je monte la valise dans votre chambre, intervint Giles.

A la suite de son hôte, Mr Wren regagna le hall.

– Ma chambre comporte-t-elle un lit à colonnes garni de chintz fleuri? demanda-t-il.

– Non, absolument pas! répondit Giles en disparaissant à l'étage.

– J'ai l'impression de n'être pas très sympathique à votre mari, remarqua Mr Wren. Dans quoi était-il? La marine?

– Oui.

– Je m'en doutais. On s'y montre beaucoup moins

16

tolérant que dans les autres armes. Depuis combien de temps êtes-vous mariés? Vous êtes très éprise de lui?

– Peut-être vaudrait-il mieux que vous montiez voir votre chambre...

– Oui, c'est juste, la question était impertinente, mais je m'intéressais sincèrement à la réponse... Ne trouvez-vous pas que c'est excellent de tout savoir des gens? Je veux dire : ce qu'ils pensent, ce qu'ils ressentent, et non pas strictement ce qu'ils sont ou ce qu'ils font.

– Je suppose, dit posément Molly, que vous êtes Mr Wren?

Se figeant sur place, le jeune homme s'empoigna les cheveux à deux mains :

– Mais c'est épouvantable! J'oublie toujours de commencer par le commencement... Oui, je m'appelle Wren et je porte même le prénom de Christopher comme mon illustre homonyme. Ne riez pas, de grâce! Mes parents, très romanesques, espéraient faire de moi un architecte.

– Et en êtes-vous devenu un? demanda Molly sans pouvoir s'empêcher de sourire.

– Oui, figurez-vous! déclara Mr Wren d'un air triomphant. Enfin, presque, car je n'ai pas encore tous mes diplômes. Cela prouve néanmoins que, de temps à autre, il arrive aux souhaits d'être exaucés!

Comme Giles redescendait, Molly dit :

– Maintenant, Mr Wren, je vais vous montrer votre chambre.

Quand elle rejoignit son mari, quelques minutes plus tard, Giles demanda :

– Alors, il a apprécié le beau mobilier de chêne?

– Il tenait tant au lit à colonnes que je l'ai finalement mis dans la chambre rose.

Giles grommela entre ses dents quelque chose qui finissait par « cet espèce de mirliflore ».

– Ecoute, Giles, dit Molly en affectant un air sévère, il ne s'agit pas de gens que nous avons invités pour le week-end, mais de clients. Le fait que Christopher Wren te plaise ou non n'a pas à entrer en ligne de compte. Il paye sept guinées par semaine et tu ne dois voir que ça.

– S'il les paye, oui!

– Chut! Le voici qui redescend!

Christopher Wren fut conduit dans la bibliothèque, vraiment très accueillante avec ses grands fauteuils et son feu de bûches dans la cheminée. En réponse à une question, Molly informa son hôte qu'il était actuellement leur seul pensionnaire. Christopher demanda alors pourquoi, dans ce cas, il ne l'accompagnerait pas à la cuisine pour l'aider à préparer le dîner.

– Si vous voulez, je peux vous faire une omelette? proposa-t-il.

Après le repas, Wren aida à laver la vaisselle. Molly sentait bien que ce n'était pas ainsi qu'on devait tenir une pension de famille, et que cela contrariait vivement son mari. « Mais ça ne fait rien, pensa-t-elle avant de s'endormir. Demain, quand les autres arriveront, ce sera différent... »

Le lendemain matin, le ciel était toujours aussi noir et il continuait de neiger.

Ayant mis des chaînes à ses roues, l'unique taxi de la localité amena Mrs Boyle, ainsi que de forts mauvais renseignements concernant l'état des routes.

– Avant ce soir, prophétisa le chauffeur, toute circulation sera devenue impossible.

Femme imposante, parlant d'un ton souverain, Mrs Boyle ne contribua pas à détendre l'atmosphère.

– Si j'avais pensé que vous débutiez, je ne serais pas venue, déclara-t-elle. Je croyais qu'il s'agissait d'un établissement déjà bien rôdé.

– Si la maison ne vous satisfait pas, Mrs Boyle, rien ne vous oblige à rester, lui rétorqua Giles.

– Non, en effet. Aussi n'est-ce pas mon intention.

– Voulez-vous que je téléphone pour un taxi? Les routes risquent d'être bientôt coupées... S'il y a eu malentendu, mieux vaut sans doute que vous n'attendiez pas plus longtemps pour aller ailleurs. Nous avons tellement de demandes, ajouta Giles, que nous ne serons nullement en peine de louer votre chambre.

Mrs Boyle lui jeta un regard acéré et décréta :

– Je ne m'en irai certainement pas avant d'avoir tenté l'essai. Mrs Davis, vous consentirez peut-être à me donner une serviette de bain? Je n'ai pas l'habitude de m'essuyer avec un mouchoir de poche.

Derrière le dos de Mrs Boyle qui s'éloignait, Giles sourit à sa femme.

– Tu es merveilleux, mon chéri! dit Molly. Tu lui as magnifiquement tenu tête!

– A des gens comme elle, il suffit de répondre du tac au tac pour leur rabattre le caquet.

– Je me demande comment elle va s'entendre avec Christopher Wren.

– Oh! certainement très mal, assura Giles.

De fait, quelques heures plus tard, à propos de Wren, Mrs Boyle dit à Molly d'un ton pincé :

– Ce jeune homme est vraiment singulier.

Quand il arriva, le boulanger ressemblait à un explorateur polaire, et il déposa le pain en déclarant que sa prochaine visite, prévue pour le surlendemain, n'aurait sans doute pas lieu.

– La circulation est déjà extrêmement difficile, expliqua-t-il. J'espère que vous aviez fait des provisions ?

– Oh! oui, dit Molly, mais je vais quand même reprendre encore de la farine.

La jeune femme pensait vaguement au *soda-bread* des Irlandais dont on fait lever la pâte avec du bicarbonate de soude. Elle se disait que, si la situation s'aggravait, elle pourrait toujours recourir à ce succédané.

Le boulanger apportait également les journaux, que Molly disposa sur la table du hall. La politique étrangère avait soudainement perdu de son importance : la première page était consacrée au mauvais temps et au meurtre de Mrs Lyon.

Molly regardait la mauvaise reproduction d'une photo de la victime, lorsque s'éleva derrière elle la voix de Christopher Wren :

– Il s'agit sûrement d'un crime crapuleux, non ? Une femme aussi moche dans une rue encore plus moche! On n'imagine vraiment pas qu'un meurtre de ce genre puisse avoir un mobile intéressant.

– Je ne doute pas, déclara Mrs Boyle d'un ton dédaigneux, que cette créature ait eu la fin qu'elle méritait.

– Ah! fit Mr Wren en se tournant vers elle d'un air engageant, vous pensez qu'il s'agit d'un crime passionnel?

– Je n'ai absolument rien dit de semblable, Mr Wren.

– Mais elle a été étranglée, n'est-ce pas? Je me demande... (il étendit devant lui ses longues mains blanches) quelle impression cela fait d'étrangler quelqu'un.

– Oh! Vraiment, Mr Wren!

Baissant la voix, Christopher se rapprocha de Mrs Boyle :

– Et avez-vous réfléchi à l'impression que cela peut faire d'*être* étranglée?

– Vraiment, Mr Wren! répéta la dame avec une indignation accrue.

Vivement, Molly lut à haute voix :

– « Cet homme, que la police recherche pour l'interroger, était de taille moyenne, coiffé d'un feutre souple, et portait un pardessus sombre avec un cache-col de laine. »

– Bref, il ressemble à n'importe qui, souligna Christopher Wren.

– Oui, dit Molly, absolument à n'importe qui...

Dans son bureau de Scotland Yard, l'inspecteur Parminter dit au sergent Kane :

– Introduisez ces deux hommes.

– Bien, chef.

Peu après, Parminter vit entrer deux ouvriers à l'air emprunté qui, pour la circonstance, avaient revêtu leur costume du dimanche. Il les jaugea d'un rapide coup d'œil, puis leur dit :

– Ainsi donc, vous pensez pouvoir fournir des renseignements utiles concernant l'affaire Lyon? C'est très aimable à vous d'être venus jusqu'ici. Asseyez-vous, je vous en prie. Vous fumez?

Il attendit qu'ils eussent pris et allumé une cigarette avant d'enchaîner :

– Eh bien! que savez-vous?

Les deux hommes s'entre-regardèrent, la gorge
nouée, ne trouvant plus leurs mots maintenant qu'il
s'agissait de raconter la chose au policier.

– Vas-y, toi, Joe! dit le plus grand des deux.

Joe se lança :

– Ben voilà. On n'avait pas d'allumettes...

– Où étiez-vous?

– Dans Jarman Street. On répare la canalisation
du gaz.

L'inspecteur Parminter eut un hochement de tête.
Jarman Street se trouvait à proximité de Culver
Street où le meurtre avait eu lieu.

– Donc, vous n'aviez plus d'allumettes? répéta-t-il
d'un ton d'encouragement.

– Non, plus une seule. Alors, j'avise un type qui
passait. « Z'auriez pas du feu, m'sieur? » que je lui
demande. Il sort un étui d'allumettes de sa poche et
il me le refile, sans un mot. « Fait drôlement
frigo! » qu'y dit alors, Bill. « En effet, oui », que
l'autre répond, mais tout bas, comme s'il pouvait
pas parler. J'ai pensé qu'il devait tenir un sacré
rhume. D'ailleurs, il avait son cache-nez entortillé
presque jusqu'aux yeux. « Merci, m'sieur! » que je
dis en lui rendant les allumettes. Aussi sec, le voilà
qui fiche le camp, et si vite qu'il est déjà loin quand
je m'aperçois qu'il a fait tomber quelque chose de
sa poche en prenant les allumettes. « Hé! m'sieur,
que je me mets à crier, z' avez perdu quelque
chose! » Mais il avait déjà disparu au coin de la rue.
Hein, Bill?

– Oui, acquiesça Bill, il détalait comme un
lapin.

– Il avait tourné dans Harrow Road et, à la vitesse où il allait, on risquait pas de le rattraper. De toute façon, s'agissait pas d'un portefeuille ou d'un truc de valeur; juste un carnet. « Drôle de mec, que je dis à Bill. Avec son chapeau sur les yeux et emmitouflé comme ça, on dirait un bandit dans un film... » Hein, Bill?

– Ouais. C'est ce que t'as dit, confirma Bill.

– Et c'est drôle que j'aie dit ça, car, sur le moment, je pensais simplement que c'était un gonze pressé de rentrer chez lui. Avec le froid qu'y faisait, ça se comprenait!

– Oh oui! alors, opina Bill.

– Je dis donc à Bill : « Zyeutons voir un peu ce carnet, des fois que ça serait important. » Bon. On y jette un coup d'œil. Y avait juste deux adresses : 74 Culver Street, et puis une autre, je-ne-sais-quoi Manor.

Maintenant qu'il était remonté, Joe faisait son récit avec verve.

– « 74 Culver Street, que je dis à Bill, c'est là, en tournant. Quand on s'en ira, on y passera pour leur laisser ce carnet... » Tout en causant, je reluque quelque chose d'écrit en haut de la page. Je le lis à Bill : « *Trois souris...* Doit être un peu schnock, le gars... » que je fais. Et voilà-t-i' pas que quelques minutes plus tard, on entend une petite mère qui gueulait « Au meurtre! A l'assassin! »

Parvenu à ce point culminant de son histoire, Joe prit un temps avant de poursuivre :

– Et comment qu'elle gueulait, hein, Bill? Alors, je dis à mon pote : « Vas-y voir, Bill! ». Quand il est revenu, il m'a dit que c'était une bonne femme qu'avait été étranglée ou égorgée. Sa proprio venait de découvrir le drame et appelait la police. « Où que c'est? » que je le lui demande. « Dans Culver Street » qu'y me dit. « Quel numéro? » et y m'répond qu'il a pas remarqué.

Bill toussa et remua les pieds d'un air penaud. Son compagnon reprit :

– Alors, j'y dis : « On va y aller voir tous les deux », et quand on s'est aperçu que c'était au 74, ça nous a drôlement épatés. Aussi, quand on a lu que la police recherchait pour l'interroger le bonhomme qu'on avait vu se calter de la maison à ce moment-là, on a préféré venir ici pour demander à voir qui c'est qui s'occupait de l'affaire.

– Vous avez très bien fait, approuva Parminter. Avez-vous apporté le carnet en question?... Merci. Maintenant, dites-moi...

Il se mit à leur poser une série de questions, prenant note de l'heure, de l'endroit, etc. La seule chose qu'il ne put obtenir d'eux, ce fut un signalement précis de l'individu, propriétaire du calepin. Les deux hommes ne purent rien ajouter à ce qu'avait déjà dit la propriétaire de la victime : un feutre rabattu sur les yeux, un pardessus boutonné jusqu'en haut, un cache-nez dissimulant la partie inférieure du visage, une voix qui n'était qu'un murmure, des mains gantées...

Les deux témoins repartis, Parminter demeura à considérer pensivement le carnet ouvert devant lui sur le bureau, avec les deux adresses et cette ligne d'écriture menue tout en haut de la page.

L'entrée du sergent Kane lui fit tourner la tête :

– Approchez, Kane! Regardez ça.

Kane vint se planter derrière son supérieur et émit un sifflement expressif :

– *Trois souris!* s'écria-t-il. Ça, alors!

– Oui, n'est-ce pas?

Ouvrant un tiroir, Parminter y prit une demi-feuille de papier qu'il posa sur le bureau, à côté du calepin. On l'avait découverte soigneusement épinglée à la robe de la victime et on y pouvait lire : *C'est la première.* Au-dessous, il y avait trois souris, comme dessinées par un enfant, et l'amorce d'une portée de musique avec quelques notes.

Kane fredonna à mi-voix :

– *Trois souris, N'y voyant mie...* Un fou, n'est-ce pas, chef ?

– Oui, acquiesça Parminter en fronçant les sourcils. Est-on certain maintenant de connaître l'identité de cette femme ?

– Oui, chef. Elle se faisait appeler Mrs Lyon. Mais, en réalité, il s'agissait d'une certaine Maureen Gregg, sortie depuis deux mois de Holloway où elle avait purgé sa peine.

– Sous le nom de Maureen Lyon, elle est allée s'installer à Culver Street, résuma pensivement Parminter. Elle levait un peu le coude et, deux ou trois fois, elle avait ramené un homme chez elle. Nous n'avons donc aucune raison de penser qu'elle se croyait en danger. L'assassin a sonné à la porte de l'immeuble, demandé après elle, et la propriétaire lui a dit qu'il n'avait qu'à monter au 'deuxième étage. La propriétaire est incapable de fournir son signalement exact. Tout ce qu'elle peut dire, c'est qu'il était de taille moyenne et qu'il semblait souffrir d'une extinction de voix. Redescendue au sous-sol, où elle habite, cette dame n'a pas entendu repartir le visiteur en question. Une dizaine de minutes plus tard, montant une tasse de thé à sa locataire, elle la découvrait étranglée... Ce meurtre, Kane, a été prémédité et soigneusement mis au point, conclut Parminter.

Il marqua un temps d'arrêt et reprit brusquement :

– Je me demande s'il existe en Angleterre beaucoup de propriétés appelées Monkswell Manor...

Le regard du sergent se posa sur les deux adresses du carnet : 74 Culver Street et Monkswell Manor.

– Vous pensez que ce serait...

– Oui, coupa vivement Parminter. Pas vous?

– Si, c'est fort possible... Monkswell Manor... Où diable...? Figurez-vous, chef, que j'ai l'impression d'avoir vu ce nom-là quelque part, tout récemment. J'en jurerais... Mais oui! ça y est, le *Times*, à la dernière page : « Hôtels et Pensions ». Je faisais les mots croisés... Je vous demande juste deux secondes, chef!

Quittant aussitôt le bureau, Kane y revint peu après, l'air triomphant :

– Voilà, chef! Regardez...

« Monkswell Manor, Harpleden, Berkshire... »

Décrochant le téléphone placé près de lui, l'inspecteur demanda :

– Appelez-moi la police du comté de Berkshire...

II

Monkswell Manor devint véritablement une pension de famille avec l'arrivée du major Metcalf, quinquagénaire robuste, à l'allure militaire, dont la majeure partie de la carrière s'était passée aux Indes. Sa chambre parut lui plaire et, s'il ne se découvrit aucun ami commun avec Mrs Boyle, du moins avait-il connu des relations de cousins à elle – « la branche du Yorkshire » – lorsqu'il était à Poona. Quant à ses bagages (deux lourdes valises en peau de porc), ils inspirèrent confiance même à Giles le soupçonneux.

A vrai dire, Molly et Giles n'eurent guère le temps de se livrer à des spéculations oiseuses concernant leurs hôtes. A eux deux, ils préparèrent le dîner, le servirent, y participèrent et firent ensuite la vaisselle, le tout de façon très satisfaisante. Le major Metcalf les ayant complimentés sur leur café, les deux époux se couchèrent exténués mais ravis, pour être réveillés vers 2 heures du matin par l'insistante sonnerie de la porte d'entrée.

– Zut! pesta Giles. Qui diable...?

S'enveloppant dans sa robe de chambre, il descendit vivement l'escalier. Molly l'entendit tirer les verrous puis perçut un murmure de voix dans le hall. Poussée par la curiosité, elle finit par avancer jusqu'au palier et vit Giles au-dessous d'elle, en train d'aider un barbu à retirer son pardessus couvert de neige. Des bribes de leur conversation lui parvinrent :

– Brrr! J'ai si froid aux mains que je ne les sens plus! disait une voix masculine au fort accent étranger. Quant à mes pieds...

– Entrez donc ici, proposait Giles, ouvrant la porte de la bibliothèque. Il y fait chaud et vous y serez mieux en attendant que je vous aie préparé une chambre.

– J'ai bien de la chance dans mon malheur! répondait poliment l'inconnu.

Regardant entre les barreaux de la rampe, Molly vit un homme d'un certain âge, avec une courte barbe noire et des sourcils méphistophéliques, un homme à la démarche souple et juvénile en dépit de ses tempes grises.

Giles referma la porte de la bibliothèque et gravit lestement l'escalier.

– Qui est-ce? lui demanda Molly.

– Un client de plus! Sa voiture a percuté un tas de neige et s'est retournée. Il s'en est extirpé sans dommage et il poursuivait tant bien que mal son chemin à pied – Tu entends souffler le vent? un vrai blizzard! – quand notre pancarte a attiré son attention.

– Tu penses que... qu'on peut se fier à ce qu'il raconte?

– Je t'assure, ma chérie, que ça n'est vraiment pas le genre de nuit qui incite les cambrioleurs à se mettre en route!

– C'est un étranger, n'est-ce pas?

– Oui. Il se nomme Paravicini, et il a un portefeuille – Je pense qu'il me l'a laissé voir à dessein! – bourré de billets de banque. Quelle chambre allons-nous lui donner?

– La verte. Elle est propre et en ordre. Nous n'avons que le lit à faire...

Tandis qu'ils s'activaient à cette tâche, Giles dit :

– Les flocons sont de plus en plus épais. Nous allons être bloqués par les neiges, Molly, coupés du reste du monde! Passionnant, non?

– Je n'en sais trop rien, répondit la jeune femme d'un air de doute. Penses-tu que je réussirai à confectionner du pain levé au bicarbonate de soude, Giles?

– Bien sûr! Il n'est rien que tu ne puisses réussir! lui affirma son mari avec un beau loyalisme.

– Mais du pain, Giles... C'est quelque chose dont on ne se soucie jamais, car le boulanger l'apporte tout prêt. Seulement, si nous sommes bloqués par la neige, il n'y aura pas de boulanger.

– Non plus que de boucher ou de facteur! Pas de journaux et probablement pas de téléphone... Heureusement que nous fabriquons nous-mêmes notre électricité!

– Tu feras bien de vérifier de nouveau la dynamo demain matin. Et il va falloir veiller à ce que la chaudière soit toujours abondamment garnie.

– C'est que nous n'avons pas tellement de coke!

– Oh! zut! Giles, j'ai l'impression que nous ne sommes pas au bout de nos peines! Dépêche-toi d'aller chercher ton type. Moi, je retourne me coucher!

Le lendemain matin, les pressentiments de Giles se trouvèrent confirmés. La neige continuait de tomber et il y en avait déjà plus d'un mètre cinquante accumulé contre les portes et les fenêtres. De ce monde tout blanc, silencieux, émanait une sorte de menace subtile.

Mrs Boyle était seule pour prendre son petit déjeuner. La table voisine, celle du major Metcalf, venait d'être débarrassée et celle de Mr Wren attendait encore ce dernier. Mrs Boyle décréta l'officier trop matinal et le jeune homme paresseux, car, à ses yeux, il n'était qu'une heure correcte pour le petit déjeuner : 9 heures.

Elle acheva de déguster une excellente omelette et mordit dans un toast d'un air boudeur. Monskwell Manor ne correspondait pas du tout à l'idée qu'elle s'en était faite. Elle avait compté y trouver des vieilles filles fanées, avec qui elle eût pu jouer au bridge tout en les impressionnant tant par son standing que par ses relations, et à qui elle eût laissé entendre qu'elle avait tenu, durant la guerre, un rôle important mais secret.

Mrs Boyle avait été désemparée par la fin de la guerre. Toujours extrêmement active, c'était une femme qui dissertait avec assurance des meilleures méthodes d'organisation. Pendant la guerre, elle s'était donc trouvée à son affaire, déployant tant d'énergie et d'allant que les gens n'avaient pas le temps de se poser de questions sur ses compétences réelles en matière d'organisation. Elle commandait, secouait, bousculait tout le monde autour d'elle, payant par ailleurs largement de sa personne et ne s'accordant aucun répit. Cette vie exaltante était maintenant terminée. Mrs Boyle avait été rendue à son existence d'avant-guerre, mais sans y retrouver grand-chose du passé. Ses amis s'étaient dispersés, sa maison – qui avait été réquisitionnée par l'armée – avait besoin de réparations avant qu'on pût songer à l'habiter de nouveau. Aussi, jusqu'à nouvel ordre, s'était-elle décidée à vivre à l'hôtel ou dans une pension de famille, et c'est ainsi qu'elle avait jeté son dévolu sur Monkswell Manor.

« C'est très malhonnête de leur part, pensa-t-elle, de ne pas m'avoir dit qu'ils débutaient. »

Mrs Boyle repoussa son assiette. Ce petit déjeuner s'était révélé savoureux et bien servi, avec de l'excellent café, des confitures faites à la maison, mais elle n'en était que plus contrariée, se voyant ainsi frustrée d'un légitime prétexte pour se plaindre. Le lit aussi était confortable, avec des draps brodés et un bon oreiller. Mrs Boyle aimait le confort, mais elle aimait aussi trouver matière à récrimination, et ce dernier goût l'emportait sans doute sur le premier.

Se levant d'un air majestueux, Mrs Boyle quitta la salle à manger, croisant sur le seuil cet extravagant jeune homme aux cheveux roux qui, ce matin-là, arborait une cravate écossaise d'un vert agressif... Une cravate en laine!

« Déplacé, pensa Mrs Boyle. Absolument déplacé! »

Elle n'aima pas non plus la façon dont les yeux pâles de Christopher Wren la regardèrent de côté.

« Je ne serais aucunement étonnée qu'il s'agisse d'un débile mental! » se dit-elle.

Mrs Boyle s'approcha de la fenêtre. Quel temps affreux! Elle ne demeurerait certainement pas longtemps dans cette maison, à moins que n'y viennent d'autres personnes qui rendraient l'atmosphère plus distrayante.

– Non, dit-elle à haute voix, je ne resterai pas ici!

Derrière elle, quelqu'un émit une sorte de gloussement moqueur et elle tourna vivement la tête.

Demeuré sur le seuil de la salle à manger, le jeune Wren la considérait d'un drôle d'air.

– Je ne le pense pas non plus, dit-il en hochant la tête.

Le major Metcalf aidait Giles à dégager la porte de service. Il apportait beaucoup d'ardeur à manier la pelle, et Giles ne savait comment lui exprimer sa gratitude.

– Il convient de faire chaque jour un peu d'exercice, lui déclara le major. Ça vous maintient en bonne forme.

Metcalf était donc un fanatique de l'exercice. C'était bien ce qu'avait craint Giles en l'entendant lui demander son breakfast pour 7 heures et demie.

Comme s'il lisait dans ses pensées, le major lui dit :

– Votre femme a été très gentille de me préparer mon petit déjeuner de bonne heure. Et j'ai beaucoup apprécié d'avoir un œuf tout frais pondu.

Giles ne put s'empêcher de penser que, s'il avait été un de ses pensionnaires, par un matin pareil, il n'aurait pu se résoudre à sortir du lit que le plus tard possible. Il jeta un coup d'œil à son compagnon. Ce n'était pas un homme facile à jauger. Un dur à cuire ayant largement dépassé la cinquantaine et dont le regard semblait toujours aux aguets, un homme ne laissant rien deviner de lui-même. Giles se demanda ce qui avait pu le conduire à

Monkswell Manor. Sans doute venait-il d'être démobilisé et n'avait-il pas encore trouvé de situation...

Mr Paravicini descendit tard de sa chambre et prit juste une tasse de café avec un toast, comme on le fait sur le continent.

– C'est vraiment la barbe que chacun veuille son petit déjeuner à une heure différente! se plaignit Molly tout en achevant cette première vaisselle de la journée.

Abandonnant les assiettes sur l'égouttoir, elle se hâta vers l'étage afin d'y faire les lits. Ce matin-là, il ne lui fallait pas compter sur l'aide de Giles, fort occupé à dégager le chemin menant au poulailler. Molly était en train de nettoyer la salle de bains quand le téléphone se mit à sonner. Tout en pestant d'être dérangée dans son travail, elle se réjouit de constater ainsi que le téléphone fonctionnait toujours, et dévala l'escalier pour aller répondre dans la bibliothèque.

– Allô! oui?

Nantie d'un léger accent campagnard nullement déplaisant, une voix s'enquit avec cordialité :

– Monkswell Manor? Puis-je parler au commandant Davis, je vous prie?

– J'ai peur que, pour l'instant, il ne lui soit pas possible de venir au téléphone, répondit Molly. C'est Mrs Davis à l'appareil. A qui ai-je l'honneur...?

– Commissaire Hogben, de la police du Berkshire.

Molly émit une exclamation étouffée et s'enquit :

– Oh!... Qu'y a-t-il donc?

– Il s'agit, Mrs Davis, d'une chose extrêmement

urgente, sur laquelle je ne désire pas m'étendre au téléphone. Mais je vous ai dépêché le sergent Trotter qui, maintenant, devrait être chez vous d'un instant à l'autre...

– Mais il ne pourra pas arriver jusqu'ici! Nous sommes bloqués par la neige. Les routes sont absolument impraticables...

L'assurance de son invisible interlocuteur ne faiblit pas :

– Trotter trouvera quand même bien le moyen de parvenir jusqu'à vous. Ce que je vous demande, Mrs Davis, c'est de persuader votre mari de suivre à la lettre les instructions de Trotter. C'est tout, merci.

Ayant clairement exprimé ce qu'il avait à dire, Hogben venait de raccrocher. Molly se retourna en entendant ouvrir la porte, et Giles entra, de la neige dans les cheveux.

– Oh! Giles... Tu étais là!

– Qu'y a-t-il, ma chérie? Tu parais toute retournée.

– Giles, c'était la police! Ils nous envoient un inspecteur... ou un sergent, je ne sais plus.

– Mais pour quelle raison? Qu'avons-nous fait?

– Je l'ignore. Crois-tu que ce soit pour ce kilo de beurre que nous avons commandé en Irlande?

– Oh! non... Et si, l'autre jour, j'ai failli accrocher quelqu'un avec la voiture, c'était indubitablement la faute de l'autre. In-du-bi-ta-ble-ment, répéta Giles en fronçant les sourcils.

– Nous avons pourtant bien dû faire *quelque chose*! gémit Molly.

– A l'heure actuelle, on ne peut pratiquement rien faire qui n'enfreigne la loi, et c'est bien là l'ennui, remarqua Giles d'un air sombre. C'est probablement au sujet de la pension de famille. Il doit sans doute exister tout un tas de règlements dont nous n'avons aucune idée.

– Oh! mon Dieu, soupira Molly, qu'est-ce qui nous a pris de nous lancer dans cette entreprise! Nous allons demeurer bloqués ici pendant des jours..., et non seulement les clients seront mécontents, mais ils vont nous manger toutes nos provisions!

– Courage, ma chérie! En dépit de ce mauvais départ, tu vas voir que tout finira par s'arranger.

Il l'embrassa distraitement sur le front, puis dit d'une voix changée, en ébauchant un geste vers la fenêtre :

– Quand même, Molly, il doit s'agir de quelque chose d'assez grave pour que la police déplace un sergent par un temps pareil...

Comme ils demeuraient à se regarder en silence, la porte s'ouvrit, livrant passage à Mrs Boyle :

– Ah! vous êtes là, Mr Davis... Savez-vous que le radiateur du salon est pratiquement froid?

– Je suis désolé, Mrs Boyle, mais nous sommes un peu pauvres en charbon et...

– Je paye sept guinées par semaine, coupa sèchement Mrs Boyle. *Sept* guinées... Ça n'est pas pour que vous me laissiez geler!

Le visage de Giles s'empourpra :

– Je vais aller recharger la chaudière.

Mrs Boyle se tourna alors vers Molly :

– Permettez-moi de vous dire, Mrs Davis, que vous avez parmi vos clients un garçon vraiment bien extravagant. Je me demande s'il lui arrive jamais de se coiffer... Quant à ses façons... et à ses cravates!

– C'est un jeune architecte extrêmement brillant, déclara Molly.

– Plaît-il?

– Christopher Wren est un architecte qui...

– Ma chère enfant, glapit Mrs Boyle, il va sans dire que je connais sir Christopher Wren, et je n'ignore point qu'il était architecte. On lui doit notamment la cathédrale Saint-Paul et...

– Je veux parler de notre Wren, qui se prénomme également Christopher. Ses parents l'ont appelé ainsi parce qu'ils souhaitaient en faire un architecte, et leur vœu a été exaucé. Enfin, presque...

– Hum! fit Mrs Boyle avec une grimace expressive. Cette histoire me paraît bien louche. Que savez-vous de lui, au juste?

– Je sais de lui ce que je sais de vous, Mrs Boyle, c'est-à-dire que vous me versez l'un et l'autre sept guinées par semaine. Je n'ai pas à m'occuper d'autre chose, n'est-il pas vrai? Peu importe que les clients me soient ou non sympathiques, conclut Molly en regardant fixement son interlocutrice.

– Vous êtes jeune et dénuée d'expérience, rétorqua la dame avec colère. Vous devriez être reconnaissante que des gens avisés vous donnent des conseils. Et qu'est-ce aussi que cet étranger bizarre? Quand donc est-il arrivé?

– Au milieu de la nuit.

– Vraiment! Voilà qui est assez singulier, non?

– Refuser d'accueillir un voyageur lorsqu'on a la possibilité de l'héberger serait contrevenir à la loi, Mrs Boyle, déclara Molly d'un air candide. L'ignoriez-vous?

– Tout ce que je puis dire, c'est que ce Paravicini me semble...

– Attention, chère madame, attention! Quand on parle du loup...

Mrs Boyle sursauta. Mr Paravicini, survenu sans bruit à l'insu des deux femmes, se mit à rire avec une sorte de joie démoniaque en se frottant les mains l'une contre l'autre.

– Oh! vous m'avez fait peur! dit Mrs Boyle. Je ne vous avais pas entendu venir...

– Parce que je marche toujours sur la pointe des pieds, expliqua Mr Paravicini. De la sorte, on ne m'entend pas approcher et je surprends des conversations qu'il m'arrive parfois de trouver amusantes..., mais que je n'oublie pas pour autant, ajouta-t-il avec douceur.

– Ah! oui? balbutia Mrs Boyle. Euh!... J'ai dû laisser mon ouvrage dans le salon...

Elle s'éclipsa vivement, et Molly demeura à considérer Mr Paravicini d'un air intrigué. L'étranger se rapprocha vivement d'elle en une sorte de pas glissé et, lui prenant la main, la baisa.

– L'aimable hôtesse semble tout émue, dit-il. Que se passe-t-il, chère petite madame?

Molly recula légèrement. Elle n'était pas sûre de trouver sympathique ce Mr Paravicini qui la regardait en esquissant un sourire de vieux faune.

– Nous avons un tas de complications, ce matin, répondit-elle d'un ton léger. A cause de la neige.

– Ah! oui, fit Mr Paravicini en tournant la tête vers la fenêtre. La neige crée beaucoup de complications..., à moins qu'elle ne simplifie les choses.

– Je ne sais pas ce que vous voulez dire...

– Oui, acquiesça-t-il pensivement, il y a quantité de choses que vous ne savez pas. Par exemple, je ne pense pas que vous sachiez très bien tenir une pension de famille.

– Non, en effet, convint Molly dont le menton se releva agressivement. Mais cela viendra.

Mr Paravicini changea alors d'attitude et dit avec gravité :

– Me permettez-vous de vous donner un conseil, Mrs Davis ? Votre mari et vous ne devriez pas vous montrer trop confiants. Avez-vous demandé des références à vos clients ?

– Est-ce l'habitude ? s'étonna Molly, déconcertée. Je croyais simplement que les gens venaient... comme ça...

– Il vaut toujours mieux avoir quelques renseignements touchant les personnes qui dorment sous le même toit que vous. Ainsi moi, par exemple... Je me suis présenté au beau milieu de la nuit, en racontant que ma voiture avait capoté dans la neige. Mais que savez-vous de moi ? Absolument rien. Et vous n'êtes peut-être pas mieux renseignée sur vos autres pensionnaires.

– Mrs Boyle..., commença Molly.

Mais elle s'interrompit aussitôt, car la dame en question revenait avec son ouvrage.

– Il fait vraiment trop froid dans le salon. Je vais m'installer ici, déclara-t-elle en se dirigeant vers la cheminée.

En une pirouette, Mr Paravicini l'y eut précédée.

– Je vais vous attiser le feu, dit-il.

Tout comme lorsqu'il était arrivé, Molly fut frappée par l'agilité avec laquelle l'étranger se déplaçait. Ayant remarqué qu'il s'arrangeait pour tourner constamment le dos à la lumière, elle découvrit soudain la raison de ces précautions. Le visage de Mr Paravicini était maquillé. Un maquillage extrêmement adroit, mais néanmoins discernable.

Ainsi donc ce vieux fou cherchait à paraître plus jeune qu'il ne l'était? Eh bien, il n'y réussissait guère! Seule la démarche semblait curieusement juvénile. Mais peut-être était-elle le fruit d'un long entraînement?

L'arrivée soudaine du major Metcalf arracha Molly à ses réflexions.

— Mrs Davis, j'ai grand-peur que les tuyaux des... euh!... lavabos du rez-de-chaussée ne soient gelés, dit-il en baissant pudiquement la voix.

— Oh! mon Dieu, quelle journée! se plaignit Molly. Après la police, voilà maintenant les tuyaux!

Le tisonnier dont se servait Mr Paravicini chut bruyamment sur le devant de la cheminée, et Mrs Boyle s'interrompit net de tricoter. Molly, qui regardait le major Metcalf, fut frappée par son raidissement soudain et la façon dont son visage se vida brusquement de toute expression pour n'être plus qu'une sorte de masque sculpté dans du bois.

— Vous avez bien dit : *la police?* questionna-t-il d'une voix étrangement saccadée.

La jeune femme eut conscience que, derrière cette apparence d'impassibilité, le major était en proie à une violente émotion : frayeur, surexcitation ou méfiance.

« En tout cas, pensa Molly, cet homme peut se révéler *dangereux.* »

— Vous avez parlé de la police? s'enquit-il de nouveau, mais, cette fois, d'un air simplement intrigué.

— Oui, on vient de téléphoner, répondit Molly. On nous envoie un sergent, précisa-t-elle en se tournant vers la fenêtre, mais je doute qu'il puisse arriver jusqu'ici.

– Et pourquoi envoie-t-on ce sergent? demanda Metcalf en se rapprochant de la jeune femme.

Mais avant qu'elle eût pu répondre, son mari entra, suivi de Christopher Wren. Le major se tourna alors vers Giles.

– J'apprends que la police va venir ici, dit-il. Pour quelle raison?

– Oh! ne vous tracassez pas pour ça, déclara Giles. Personne ne peut plus circuler. Il y a plus d'un mètre cinquante de neige et les routes ont complètement disparu...

Au même instant, on entendit toquer par trois fois à l'un des carreaux.

Tous sursautèrent mais furent un instant avant de repérer l'origine de ce bruit, qui avait la force menaçante d'un avertissement émanant de l'au-delà. Puis Molly poussa un cri en pointant l'index vers la porte-fenêtre. Un homme frappait à la vitre et le mystère de son arrivée s'expliquait par le fait qu'il était à skis. Etouffant une exclamation, Giles traversa vivement la pièce et ouvrit la porte-fenêtre.

– Merci, monsieur! dit l'arrivant avec une intonation un peu commune mais joyeuse.

Il avait le visage bronzé et, quittant ses skis, il pénétra dans la pièce en se présentant :

– Sergent Trotter, de la police du comté.

Par-dessus son tricot, Mrs Boyle le considéra d'un air désapprobateur et déclara :

– Impossible que vous soyez déjà sergent à votre âge!

La remarque parut offenser le policier, effectivement très jeune, et il répliqua d'un ton un peu pincé :

– Je ne suis pas aussi jeune que je le parais, madame.

Parcourant du regard le groupe qui l'entourait, il l'immobilisa sur Giles :

– Vous êtes Mr Davis? Puis-je ranger mes skis quelque part?

– Mais oui, bien sûr. Venez avec moi.

Comme la porte du hall se refermait derrière eux, Mrs Boyle déclara avec acidité :

– Et voilà pourquoi nous payons nos policiers : pour qu'ils pratiquent les sports d'hiver!

Ayant dit, elle se remit à tricoter.

Paravicini s'était approché de Molly; il lui demanda soudain entre ses dents :

– Pourquoi avez-vous appelé la police, Mrs Davis?

La jeune femme eut un léger recul devant la dureté de son regard. C'était un nouveau Mr Paravicini qu'elle découvrait tout à coup, et elle protesta désespérément :

– Mais je ne l'ai pas appelée! Absolument pas!

– Excusez-moi, Mrs Davis, intervint le major Metcalf. Puis-je me servir de votre téléphone?

– Bien sûr, major.

Il se dirigea vers l'appareil, tandis que Christopher Wren faisait observer d'une voix suraiguë :

– Il est bel homme, n'est-ce pas? Je trouve que les policiers ont quelque chose d'extrêmement attirant.

– Allô!... Allô!... (Le major Metcalf agitait la fourche du téléphone avec irritation.) Mrs Davis, ce téléphone ne fonctionne pas! dit-il en se retournant vers Molly.

– Mais il fonctionnait encore très bien tout à l'heure. Je...

Elle fut interrompue par le rire perçant de Christopher Wren, un rire presque hystérique :

– Ainsi donc, nous voici maintenant coupés du reste du monde! Complètement coupés! C'est drôle, non?

– Je ne vois pas ce que cela peut avoir d'amusant, déclara le major Metcalf d'un ton sec.

– Ni moi non plus, vraiment! renchérit Mrs Boyle.

– Alors, c'est que je dois avoir un sens de l'humour assez particulier, dit Christopher. (Il ajouta, en portant un doigt à ses lèvres) Chut! Voici le limier qui revient!

Giles reparut en compagnie du sergent Trotter. Ce dernier, débarrassé de ses skis, ayant brossé la neige collée à ses vêtements, tenait maintenant à la main un carnet et un crayon.

– Molly, dit Giles, le sergent Trotter désire nous interroger seuls tous les deux. Allons dans le bureau.

Ils gagnèrent la petite pièce située au fond du hall et le sergent Trotter referma soigneusement la porte derrière eux.

– Qu'avons-nous fait? s'enquit Molly d'un ton plaintif.

Le sergent Trotter la regarda fixement, puis sourit :

– Oh! rassurez-vous, madame. Il y a malentendu. Je ne suis venu ici que par mesure de précaution, si vous voyez ce que je veux dire. C'est à cause de l'affaire Lyon, Mrs Maureen Lyon, qui a été assassinée à Londres voici deux jours. Vous avez probablement vu ça dans le journal?

– Oui, dit Molly.

– Avant tout, je désire savoir si vous connaissiez cette Mrs Lyon?

– Jamais de la vie, déclara Giles – et Molly fit chorus.

– Oui, dit le policier, c'est bien ce que nous supposions. Mais il se trouve qu'elle ne s'appelait pas vraiment Lyon. Elle avait un casier judiciaire, et ses empreintes étaient répertoriées chez nous, si bien que nous n'avons eu aucun mal à l'identifier. Elle se nommait en réalité Maureen Gregg, et son défunt mari était fermier. Il habitait Longridge Farm, pas très loin d'ici. Vous avez sans doute entendu parler de l'affaire de Longridge Farm...

La pièce était comme cernée par le silence, un silence seulement rompu, de temps à autre, par le bruit ouaté d'un paquet de neige tombant du toit.

– En 1940, reprit Trotter, trois enfants évacués avaient été confiés aux fermiers de Longridge Farm. L'un d'eux mourut, par suite de négligence criminelle et de mauvais traitements. L'affaire eut un grand retentissement, et les Gregg furent condamnés tous deux à une peine d'emprisonnement. Le mari réussit à s'évader durant son transfert à la prison; il vola une voiture et alla s'écraser contre un arbre en voulant échapper à la police. Il fut tué sur le coup. Mrs Gregg, elle, purgea sa peine. Cela faisait deux mois qu'elle était sortie de prison.

– Et elle vient d'être assassinée, dit Giles. Qui soupçonne-t-on?

Mais le sergent Trotter n'était pas homme à se laisser bousculer. Il demanda posément :

– Vous vous souvenez de l'affaire, monsieur?

Giles secoua la tête :

– En 1940, j'étais aspirant de marine et je servais en Méditerranée.

Le regard de Trotter se porta alors vers Molly qui bredouilla :

– Je... Je crois me rappeler, oui... Mais en quoi cela nous concerne-t-il? ajouta-t-elle d'une voix un peu oppressée.

– Il se pourrait que, à cause de cette affaire, vous soyez en danger, Mrs Davis.

– En danger? répéta Giles d'un ton incrédule.

– Oui, monsieur, et voici pourquoi. Non loin de la scène du crime, on a ramassé un calepin dans lequel deux adresses étaient inscrites. L'une était 74 Culver Street...

– C'est là que cette personne a été assassinée? demanda Molly.

– Oui, madame. L'autre adresse était celle de Monkswell Manor.

– Non! s'exclama la jeune femme avec ahurissement.

– Si, madame. Et c'est pourquoi le commissaire Hogben a voulu savoir de toute urgence s'il existait un lien entre vous, ou cette maison, et l'affaire de Longridge Farm.

– Mais absolument aucun! s'exclama Giles. Il doit s'agir d'une coïncidence.

– Tel n'est pas l'avis du commissaire Hogben, monsieur, dit gentiment le sergent Trotter. Il serait venu lui-même vous interroger si cela lui avait été possible. Vu les conditions atmosphériques, et comme je suis très bon skieur, il m'a dépêché ici avec ordre de recueillir le maximum de renseignements sur les gens résidant à Monkswell Manor. Je dois lui faire mon rapport par téléphone et prendre toutes les mesures que je jugerai nécessaires pour assurer la sécurité de chacun.

– La sécurité? répéta Giles. Bon sang! vous ne pensez quand même pas que l'on projette d'assassiner quelqu'un *ici*?

– Je préférerais ne pas bouleverser Mrs Davis, dit Trotter d'un ton d'excuse, mais si, c'est exactement ce que pense le commissaire Hogben.

– Pour quelle raison pourrait-on bien vouloir...

Giles s'interrompit, et Trotter dit :

– C'est précisément pour le découvrir que je suis venu.

– Mais toute cette histoire est absolument insensée!

– Oui, monsieur. Et c'est bien là que réside le danger.

– Il y a autre chose, n'est-ce pas, sergent? intervint Molly. Quelque chose que vous ne nous avez pas encore dit?

– Oui, madame. Sur la même page que les adresses, on avait écrit *Trois souris*. Au cadavre de la victime, un papier était épinglé où l'on pouvait lire : *C'est la première*. Au-dessous, on avait dessiné trois souris et une portée musicale où était noté le début de cette comptine qui s'intitule *Trois Souris*...

Molly se mit à chantonner doucement :

> *Trois souris,*
> *N'y voyant mie...*
> *Trottinaient dans la chaumière.*

Elle s'interrompit net :

– Oh! c'est horrible... *horrible!* Il y avait trois enfants, n'est-ce pas?

– Oui, Mrs Davis. Un garçon de quinze ans, une fillette qui en avait quatorze, et le petit de douze ans qui est mort.

– Que sont devenus les autres?

– La fille, je crois, a été adoptée. Nous n'avons pas encore pu la retrouver. Quant au garçon, qui a maintenant vingt-trois ans, il a disparu. Il passait pour avoir été toujours un peu... bizarre. Il s'était engagé dans l'armée, mais ensuite il a déserté et c'est ainsi qu'on a perdu sa trace. Le psychiatre de l'armée a formellement déclaré qu'il n'était pas normal.

– Vous pensez que c'est lui qui a tué Mrs Lyon? demanda Giles. Et qu'il pourrait venir maintenant ici pour une raison que nous ignorons?

– Nous pensons qu'il existe un lien entre quelqu'un habitant ici et l'affaire de Longridge Farm. Lorsque nous aurons découvert ce lien, nous pourrons nous prémunir. Vous m'avez dit, monsieur, n'avoir jamais été mêlé en quoi que ce soit à cette affaire. En est-il de même pour vous, Mrs Davis?

– Je... Oh! oui... oui...

– Voudriez-vous me dire, très exactement, quelles autres personnes logent actuellement ici?

Ils lui donnèrent les noms des pensionnaires qu'il inscrivit dans son carnet.

– Domestiques?

– Nous n'en avons pas, répondit Molly. Et cela me rappelle que je dois vous quitter pour m'occuper des pommes de terre...

La jeune femme s'étant rapidement éclipsée, Trotter se tourna vers Giles :

– Que savez-vous de vos pensionnaires, monsieur?

– Je... Nous... (Giles s'interrompit, puis reprit posément :) A vrai dire, pas grand-chose, sergent. Mrs Boyle nous a écrit d'un hôtel de Bournemouth, le major Metcalf, de Leamington, et Mr Wren, d'un hôtel particulier sis à South Kensington. Quant à Mr Paravicini, il nous est pour ainsi dire tombé du ciel, sa voiture ayant eu, non loin d'ici, un accident dû à la neige. Il n'en reste pas moins que toutes ces

46

personnes ont certainement des papiers d'identité, des cartes d'alimentation, etc.

– Je m'en vais les examiner attentivement.

– En un sens, c'est une chance que nous ayons un aussi vilain temps, remarqua Giles. La neige empêchera peut-être l'assassin d'arriver jusqu'ici.

– Peut-être n'a-t-il pas besoin d'arriver, Mr Davis... (Trotter hésita.) Il peut très bien *être déjà là.*

– Que voulez-vous dire? demanda Giles en regardant fixement le policier.

– C'est il y a deux jours que Mrs Gregg a été assassinée. *Or, tous vos pensionnaires sont arrivés depuis lors, Mr Davis.*

– Oui, mais sauf en ce qui concerne Mr Paravicini, cela faisait un certain temps déjà qu'ils avaient effectué leurs réservations.

Le sergent Trotter soupira et sa voix parut soudain plus lasse :

– Ces crimes ont été longuement prémédités, dit-il.

– Jusqu'à présent, il n'y en a eu qu'un seul de commis. Pourquoi êtes-vous tellement convaincu qu'il sera suivi d'un autre?

– J'espère bien éviter qu'il y en ait un second, rectifia le policier. Ce dont je suis convaincu, c'est que l'on tentera de le commettre.

– Mais alors... S'il s'agit bien de ce garçon, dit Giles avec excitation, une seule personne a l'âge qui correspond... Ce ne peut être que *Christopher Wren*!

Le sergent Trotter alla retrouver Molly dans la cuisine.

– Mrs Davis, j'aimerais que vous veniez avec moi dans la bibliothèque. Je désire faire une déclaration en présence de tous les habitants de cette maison... Mr Davis est en train de les rassembler.

– Bon!... Mais laissez-moi d'abord finir de préparer ces pommes de terre. Je me prends parfois à souhaiter que sir Walter Raleigh n'ait jamais découvert ces satanés tubercules!

Le sergent Trotter gardant un silence désapprobateur, Molly reprit d'un ton d'excuse :

– Vous savez, je n'arrive pas à croire votre histoire. Elle est tellement fantastique...

– Elle n'a rien de fantastique, Mrs Davis. Elle repose sur des faits précis.

– Vous possédez un signalement de cet homme? s'informa Molly avec curiosité.

– Taille moyenne, plutôt mince, vêtu d'un pardessus sombre, coiffé d'un feutre au bord rabattu, et le visage en grande partie dissimulé par un cache-nez. Autrement dit, cela peut être n'importe qui, car je viens de voir, accrochés dans votre hall, trois pardessus de couleur foncée et trois chapeaux mous...

– Je crois qu'aucun de nos pensionnaires ne venait directement de Londres.

– Vraiment, Mrs Davis?

D'un geste vif, le sergent Trotter saisit le journal qui se trouvait sur le buffet.

– L'*Evening Standard* du 19 février. Un quotidien d'il y a deux jours. Il a bien fallu que *quelqu'un* l'apporte ici, Mrs Davis.

– Mais c'est incroyable! balbutia Molly en regardant fixement le journal tandis qu'une vague réminiscence venait solliciter sa mémoire. Que peut-il bien faire là?

– Il ne vous faut pas juger les gens sur leur mine, Mrs Davis, dit le policier, qui ajouta : J'ai cru comprendre que Mr Davis et vous étiez nouveaux dans le métier?

– Oui, c'est exact, convint Molly en se sentant soudain terriblement jeune et inexpérimentée.

– Sans doute n'êtes-vous pas, non plus, mariés depuis bien longtemps?

– Juste un an, répondit-elle en rougissant un peu. Tout s'est fait très vite.

Molly se rappelait ces deux semaines tourbillonnantes où Giles et elle s'étaient connus, puis avaient décidé de se marier. Ils n'avaient pas eu la moindre hésitation... Dans un monde inquiet et fébrile, leur rencontre avait été comme un miracle. A ce souvenir, un petit sourire vint aux lèvres de la jeune femme et elle s'aperçut que le sergent Trotter la considérait avec indulgence.

– Votre mari n'est pas originaire de la région, n'est-ce pas, Mrs Davis?

– Non, il est du Lincolnshire.

Elle savait très peu de chose touchant l'enfance et l'adolescence de Giles. Ses parents étaient morts et, comme il évitait d'en parler, elle supposait qu'il n'avait pas dû avoir une enfance heureuse.

– Vous me semblez bien jeunes, tous les deux, pour diriger une maison comme celle-ci.

– Oh! pas tellement. J'ai vingt-deux ans et...

Molly s'interrompit comme la porte s'ouvrait devant Giles :

– Ça y est! annonça le jeune homme. Ils sont tous réunis et je pense avoir bien fait de leur dire, grosso modo, de quoi il s'agissait. N'est-ce pas, sergent?

– Oui, approuva Trotter. Cela nous fera gagner du temps. Vous êtes prête, Mrs Davis?

Quand le sergent Trotter pénétra dans la bibliothèque, quatre personnes se mirent à parler en même temps.

La voix perçante de Christopher déclarait que c'était vraiment trop, *trop* passionnant, qu'il n'en dormirait pas de la nuit, et réclamait avec extase *tous* les affreux détails.

Comme un accompagnement de contrebasse, des bribes de phrases émanaient de Mrs Boyle :

– ... Absolument scandaleux... Incompétence totale... La police n'a pas à laisser des assassins courir la campagne!

C'était surtout par gestes que se manifestait l'éloquence de Mr Paravicini dont la voix était couverte par celle de Mrs Boyle. Quant au major Metcalf, il émettait de temps à autre un bref staccato pour réclamer des « précisions ».

Trotter attendit un instant ou deux; puis il leva impérativement la main afin d'imposer le silence et, contre toute attente, il y parvint.

– Merci, fit-il avant de déclarer : Mr Davis vous a dit ce qui m'amenait ici. Il m'importe seulement de savoir une chose, mais il me faut la savoir vite : *Qui d'entre vous a un lien quelconque avec l'affaire de Longridge Farm?*

Le silence demeura total. C'étaient quatre visages inexpressifs qui regardaient maintenant le policier. Comme s'efface d'un coup d'éponge la craie sur l'ardoise, avaient disparu tous les sentiments véhéments qu'on y pouvait lire l'instant d'avant.

Le sergent Trotter se fit donc plus pressant :

– Comprenez-moi bien! L'un de vous est en danger... en danger de mort. *Il me faut savoir qui.*

Mais tout le monde continua de se taire, sans

bouger. Alors, une soudaine colère transparut dans la voix de Trotter :

– Soit! Je m'en vais vous interroger l'un après l'autre. Mr Paravicini?

Un faible sourire apparut sur les traits de l'interpellé, dont les mains esquissèrent un grand geste de protestation qui n'avait vraiment rien de britannique :

– Je suis étranger, inspecteur. J'ignore tout, absolument tout, de ce qui a pu se passer ici voici des années!

Sans perdre de temps, Trotter aboya aussitôt :

– Mrs Boyle?

– Je ne vois vraiment pas comment... Je veux dire : pourquoi voudriez-vous que cette lamentable affaire me concerne en quoi que ce soit?

– Mr Wren?

– J'étais encore tout enfant à l'époque, déclara Christopher. Je ne me rappelle même pas en avoir entendu parler.

– Major Metcalf?

– J'ai lu ça dans les journaux, dit le major d'un ton sec. J'étais alors en garnison à Edimbourg.

– Vous n'avez rien d'autre à me dire... Tous tant que vous êtes?

De nouveau, le silence.

Trotter exhala un soupir d'exaspération.

– Vous ne pourrez vous en prendre qu'à vous-mêmes, dit-il, si l'un de vous est assassiné!

Et tournant brusquement les talons, il quitta la pièce.

– Ah! mes amis, quel mélodrame! s'exclama Christopher, qui ajouta : J'admire la police de savoir en pareille occurrence demeurer impassible. *Trois Souris*... Quel est donc l'air, déjà?

Il se mit à le siffloter doucement, et Molly s'écria, comme malgré elle :

– Oh! je vous en prie. Non!

Il se retourna en riant :

– Mais, ma chère, c'est mon indicatif! Jamais encore je n'avais été pris pour un assassin, et je trouve ça follement excitant!

– Tout cela ne tient pas debout, déclara Mrs Boyle, et je n'en crois pas un mot.

Dans les yeux clairs de Christopher, une flamme malicieuse dansa :

– Attendez donc, Mrs Boyle, que je survienne sans bruit derrière vous et referme mes mains autour de votre cou...

Molly crut défaillir, et Giles intervint avec colère :

– Vous bouleversez ma femme, Wren! Je trouve qu'il n'y a vraiment pas là matière à plaisanterie.

– Mais si! protesta Christopher. Il s'agit d'une plaisanterie imaginée par un dément. Et c'est ce qui la rend si délicieusement macabre.

Regardant autour de lui, Wren pouffa de nouveau :

– Oh! si vous voyiez les têtes que vous faites! lança-t-il avant de sortir.

Mrs Boyle fut la première à se ressaisir :

– Ce garçon n'a aucune éducation, déclara-t-elle. Et, de surcroît, c'est un névrosé. Je ne serais pas du tout étonnée que ce soit un objecteur de conscience.

– Il m'a raconté qu'il était demeuré enseveli sous les décombres pendant près de deux jours, à la suite d'un bombardement aérien, dit le major Metcalf, ce qui me semble de nature à expliquer son comportement.

– Oh! les gens trouvent toujours un tas d'excuses pour donner libre cours à leur nervosité! rétorqua Mrs Boyle d'une voix acide. Pendant la guerre, j'en ai certainement enduré autant que n'importe qui, et cela n'empêche que je reste parfaitement maîtresse de mes nerfs!

– Eh bien! tant mieux, Mrs Boyle, dit posément Metcalf, car c'est vous, je crois, qui en 1940 étiez chargée d'assurer le logement des réfugiés dans cette région? N'est-ce pas? ajouta-t-il en regardant Molly qui acquiesça silencieusement.

Le visage de Mrs Boyle s'empourpra.

– Et alors? fit-elle.

– C'est donc vous, reprit gravement le major, qui aviez envoyé ces trois enfants à Longridge Farm.

– Vraiment, major, je ne vois pas comment l'on pourrait me tenir pour responsable de ce qui s'est passé! Ces fermiers paraissaient très gentils et fort désireux d'accueillir les enfants. En quoi suis-je à blâmer si...

Sa voix s'éteignit, laissant la phrase en suspens, et Giles s'enquit avec brusquerie :

– Pourquoi n'avez-vous pas dit ça au sergent Trotter?

– Parce que cela ne regarde pas la police, et que je n'ai besoin de personne pour veiller sur moi! glapit Mrs Boyle.

– Je vous conseille d'être sur vos gardes, lui recommanda le major Metcalf avant de s'éclipser à son tour.

– Tu savais que Mrs Boyle était chargée de reloger les réfugiés? interrogea Giles en regardant fixement sa femme.

Sans répondre à cette question, Molly s'adressa à Mrs Boyle :

– Vous habitiez, je crois, la grande maison près du communal?

– On me l'a réquisitionnée et elle a été complètement saccagée, dit Mrs Boyle d'un ton amer. Un vrai scandale!

Alors, renversant la tête, Mr Paravicini se mit à rire, doucement d'abord, puis aux éclats.

– Je vous demande pardon, dit-il, en s'efforçant de retrouver son sérieux, mais tout cela est si drôle! Je m'amuse... Oui, vraiment, je m'amuse beaucoup!

Revenant dans la pièce à ce moment précis, le sergent Trotter lui jeta un regard désapprobateur :

– Je suis ravi, dit-il d'un ton sarcastique, que vous trouviez cette affaire tellement divertissante.

– Je vous présente mes excuses, inspecteur. Je me rends compte que je suis en train de gâter l'effet de votre solennel avertissement.

– Je ne suis pas inspecteur, mais seulement sergent, et j'ai fait de mon mieux pour vous exposer clairement la situation, dit Trotter. Mrs Davis, me permettez-vous d'utiliser votre téléphone?

– Honteux et confus, je disparais en rampant! affirma Mr Paravicini.

Mais, bien loin de ramper, il quitta la pièce de ce pas alerte et juvénile qui avait déjà frappé Molly.

– Drôle de bonhomme, remarqua Giles.

– Il a un faciès de criminel, déclara Trotter, et il ne m'inspire aucune confiance.

– Oh! s'écria Molly. Vous pensez qu'il... Mais il est trop âgé... Ou bien cherche-t-il seulement à le faire croire? Il se maquille, et sa démarche est très jeune.

S'efforcerait-il de paraître vieux alors que... A votre avis, sergent...

– Inutile de nous livrer à des spéculations oiseuses, coupa le policier. Je dois faire mon rapport au commissaire.

Il se dirigea vers le téléphone.

– Impossible! lui dit Molly. Il ne fonctionne plus.

– Quoi? s'exclama Trotter en pivotant sur place.

Ils furent tous impressionnés par la soudaine angoisse qui perçait dans ce cri.

– Il ne fonctionne plus? Depuis quand?

– Juste avant que vous n'arriviez, le major Metcalf a vainement essayé de s'en servir.

– Mais vous avez reçu le message du commissaire Hogben?

– Oui. C'est ensuite, sous l'effet de la neige, je suppose, que la ligne a dû se rompre.

Le visage de Trotter se fit encore plus soucieux.

– Je me demande..., murmura-t-il. Peut-être la ligne a-t-elle été... coupée. Je veux en avoir le cœur net.

Il quitta vivement la pièce, et Giles, après avoir marqué une hésitation, partit à sa suite.

Plié en deux, le sergent Trotter suivait le parcours des fils.

– Existe-t-il un second poste? demanda-t-il à Giles.

– Oui, à l'étage, dans notre chambre. Voulez-vous que je monte voir?

– S'il vous plaît, oui.

Tandis que Giles se hâtait vers l'escalier, Trotter ouvrit la fenêtre et, se penchant au-dehors, balaya la neige accumulée sur le rebord.

Mr Paravicini était dans le grand salon. S'approchant du piano à queue, il l'ouvrit, puis s'assit sur le tabouret et se mit à jouer avec un seul doigt.

Trois souris,
N'y voyant mie...

Christopher Wren allait et venait dans sa chambre en sifflotant. Soudain, le sifflotement hésita, mourut... Alors, s'asseyant au bord du lit, le jeune homme s'enfouit le visage dans les mains et se mit à sangloter, en balbutiant comme un enfant :

– Je ne peux pas! Je ne peux pas continuer...

Mais, après un temps, il se leva, redressa les épaules :

– Il le faut, murmura-t-il. Il faut que j'aille jusqu'au bout.

Dans la chambre qu'il partageait avec Molly, Giles se tenait près du téléphone, penché vers la plinthe qui courait au bas du mur. Un gant de sa femme était tombé par terre. Comme Giles le ramassait, un ticket d'autobus s'en échappa et, en le voyant, le jeune homme changea de visage...

On eût dit un autre homme quand il regagna la porte à pas lents; il l'ouvrit, puis demeura un moment sur le seuil, regardant vers le palier, comme perdu dans un rêve.

Ayant fini de peler ses pommes de terre, Molly les mit dans la marmite qu'elle plaça sur le feu. Elle jeta ensuite un coup d'œil au contenu du four. Tout allait bien.

L'exemplaire de l'*Evening Standard*, vieux de deux jours, était resté sur la table de la cuisine.

Molly le considéra en fronçant les sourcils. Si seulement elle avait pu se rappeler... Brusquement, elle porta une main à ses yeux et s'écria :

– Oh! mon Dieu!... Non, ce n'est pas possible!

La jeune femme laissa lentement retomber sa main et regarda autour d'elle, comme si elle ne reconnaissait plus la vaste cuisine si chaude, si confortable, où flottait une odeur appétissante.

– Non, répéta-t-elle à mi-voix.

Se déplaçant à la façon d'une somnambule, elle alla ouvrir la porte donnant sur le hall. Sauf quelqu'un qui sifflotait, la maison était silencieuse...

Cet air...

Frissonnante, Molly battit en retraite. Elle attendit une minute ou deux, jeta encore un regard autour d'elle. Oui, les plats continuaient à cuire doucement, tout allait bien de ce côté. Alors, elle se dirigea de nouveau vers la porte.

Le major Metcalf descendait sans bruit l'escalier de service. Il s'immobilisa un instant dans le hall, comme aux aguets, puis, ouvrant la porte du grand débarras qui se trouvait sous l'escalier, il jeta un coup d'œil à l'intérieur.

Personne aux alentours, tout semblait tranquille. Autant en profiter pour ce qu'il avait à faire...

Dans la bibliothèque, Mrs Boyle tourna le bouton du poste de radio avec une exclamation irritée. Elle venait de tomber au beau milieu d'une causerie sur les origines et la signification des comptines, sujet que, en l'occurrence, elle préférait continuer d'ignorer. Sur une autre longueur d'ondes, elle entendit une voix agréablement timbrée lui déclarer : « Il convient de bien comprendre la psychologie de la peur. Supposons que vous soyez seule dans une pièce. Une porte s'ouvre doucement derrière vous... »

La chose se produisant au même instant, Mrs Boyle se retourna d'un bond.

— Oh! c'est vous, fit-elle avec soulagement. La radio ne diffuse vraiment que des programmes stupides! Je n'arrive pas à trouver quelque chose de bien.

— A quoi bon vous donner cette peine, Mrs Boyle?

— Mais que faire d'autre? demanda la dame avec humeur. Nous sommes bloqués dans cette maison, avec un assassin pour toute distraction! Non que je croie un seul instant à cette histoire rocambolesque...

— Vous n'y croyez pas, Mrs Boyle?

— Que... que voulez-vous dire?

La ceinture de l'imperméable fut si rapidement serrée autour de son cou que Mrs Boyle eut à peine le temps de comprendre ce qui lui arrivait.

On amplifia le son du poste de radio. Le conférencier se mit à clamer dans la pièce ses doctes remarques sur la psychologie de la peur, couvrant ainsi tout autre bruit dont pouvait s'accompagner le trépas de Mrs Boyle.

Mais il n'y eut guère de bruit.

L'assassin connaissait son affaire.

III

Ils étaient maintenant six dans la cuisine. Quatre qui s'entre-regardaient avec effroi, tandis que Molly, pâle et tremblante, portait à ses lèvres le verre de whisky que venait de lui servir le sergent Trotter.

Le visage fermé, le regard dur, le policier considéra ceux qui l'entouraient. Cinq minutes s'étaient écoulées depuis que les hurlements horrifiés de Molly l'avaient fait se précipiter vers la bibliothèque, en compagnie des autres.

– Lorsque vous êtes arrivée, Mrs Davis, elle venait tout juste d'être tuée, dit-il. Etes-vous certaine de n'avoir vu ni entendu personne en traversant le hall?

– Quelqu'un sifflotait..., balbutia la jeune femme. Non, c'était avant... Je n'en suis pas certaine, mais je crois avoir entendu une porte se refermer doucement, tandis que je me dirigeais vers la bibliothèque.

– Quelle porte?

– Je ne sais pas.

– Réfléchissez, Mrs Davis. Faites un effort. Etait-ce à l'étage... au rez-de-chaussée..., à droite..., à gauche?

– Je vous dis que je n'en sais rien! s'écria Molly.

Je ne suis même pas sûre d'avoir entendu quelque chose.

– Cessez donc de la malmener ainsi! intervint Giles. Ne voyez-vous pas qu'elle est encore bouleversée?

– J'enquête à propos d'un meurtre, figurez-vous, Mr Davis... Oh! pardon : *commandant* Davis.

– Je ne suis plus dans l'armée, sergent, et vous n'avez pas à m'appeler commandant.

– C'est juste, monsieur.

Trotter prit un temps comme s'il venait de marquer un point, puis enchaîna :

– Je vous disais donc que j'enquête à propos d'un meurtre. Jusqu'à présent, personne n'avait pris cette affaire au sérieux, Mrs Boyle pas plus que les autres. Aussi s'était-elle abstenue de me communiquer certains renseignements, de même que vous me cachez tous quelque chose. Eh bien! Mrs Boyle est morte, maintenant! Et si nous ne réussissons pas à éclaircir très vite cette affaire, il pourrait y avoir une autre victime.

– Encore? Allons donc! Pourquoi voudriez-vous...?

– Parce que, coupa gravement le sergent, il y avait trois petites souris qui n'y voyaient mie...

Giles le regarda d'un air incrédule :

– Une mort pour chacune d'elles? dit-il. Mais il faudrait alors que quelqu'un d'autre se rattachât à l'affaire de Longridge Farm, et ce serait une bien grande coïncidence que le hasard eût amené ici *deux* personnes ayant pu être mêlées en quelque façon...

– Compte tenu des circonstances, ce ne serait pas une si grande coïncidence, Mr Davis. Sur le carnet de l'assassin, il n'y avait que deux adresses seulement.

Puis, se tournant vers les autres, le sergent poursuivit :

— J'ai pris note de vos déclarations concernant l'endroit où vous étiez quand Mrs Boyle a été tuée. Je vais maintenant les contrôler... Lorsque vous avez entendu Mrs Davis crier, vous vous trouviez dans votre chambre, n'est-ce pas, Mr Wren?

— Oui, sergent.

— Mr Davis, vous étiez aussi en haut, dans votre chambre, occupé à vérifier l'installation téléphonique?

— Oui, dit Giles.

— Mr Paravicini était dans le salon, en train de pianoter... Au fait, personne ne semble vous avoir entendu, Mr Paravicini?

— Je jouais très, très doucement, sergent. Juste avec un doigt.

— Et quel air jouiez-vous?

— Celui des *Trois Souris*, sergent, répondit Mr Paravicini en esquissant un sourire. Le même air que Mr Wren sifflotait dans sa chambre.

— Et pour le téléphone? demanda soudain Metcalf. Est-ce qu'il s'agit d'un sabotage?

— Oui, major Metcalf. Les fils ont été coupés dehors, juste au-dessous de la fenêtre de la salle à manger. Je venais de constater la chose quand Mrs Davis a crié.

— Mais c'est insensé! Comment l'assassin peut-il espérer s'en tirer? demanda Christopher de sa voix suraiguë.

Le sergent le considéra d'un air grave.

— Peut-être lui est-il indifférent de s'en tirer ou non, répondit-il. A moins qu'il ne s'estime plus malin que nous. Les criminels ont souvent tendance à se surestimer. Dans la police, pour devenir gradés, nous suivons des cours de psychologie; savez-vous que la mentalité d'un schizophrène est extrêmement curieuse...

– Pas de grands mots, je vous en prie! fit Giles.

– Très bien, Mr Davis. Alors, j'en emploierai un de sept lettres seulement, *meurtre*, et un autre de six, *danger*. C'est, pour l'instant, ceux qui doivent retenir toute notre attention. Cela dit, major, efforçons-nous de bien reconstituer vos faits et gestes. Vous m'avez déclaré que vous étiez dans la cave. Qu'y faisiez-vous?

– Je l'explorais, répondit Metcalf. Ayant jeté un coup d'œil dans le débarras qui se trouve sous l'escalier, j'ai remarqué qu'il comportait une seconde porte. L'ayant ouverte, j'ai vu une volée de marches s'enfonçant dans le sol, alors je les ai descendues. Vous avez des caves magnifiques, ajouta-t-il en se tournant vers Giles. Je ne serais pas étonné qu'elles aient été la crypte d'un monastère disparu...

– Nous ne sommes pas en train d'effectuer des recherches archéologiques, major! Mrs Davis, je vais laisser la porte de la cuisine ouverte. Voulez-vous prêter l'oreille?

Trotter sortit dans le hall et l'on perçut le léger craquement d'une porte qui se refermait.

– Est-ce le bruit que vous aviez entendu, Mrs Davis? demanda le policier en reparaissant sur le seuil de la cuisine.

– Eh bien!... oui, on dirait.

– C'est la porte du débarras, sous l'escalier. Il se pourrait donc que l'assassin, traversant le hall après avoir étranglé Mrs Boyle, vous ait entendue ouvrir celle de la cuisine et se soit vivement caché là.

– Auquel cas, ses empreintes digitales doivent se trouver sur la poignée! s'exclama Christopher.

– Les miennes aussi, très certainement, dit le major Metcalf.

– En effet, oui, fit Trotter. Mais vous nous avez expliqué comment vous les y aviez laissées, ajouta-t-il sans sourciller.

– Ecoutez, sergent, intervint Giles, vous êtes chargé de l'affaire, c'est d'accord. Mais cette maison est la mienne et, dans une certaine mesure, je me sens responsable de la sécurité des gens qui l'habitent. Ne devrions-nous pas commencer par prendre les précautions qui s'imposent?

– Par exemple, Mr Davis?

– Eh bien, pour dire les choses carrément, ne faudrait-il pas mettre hors d'état de nuire celui que tout semble accuser?

Et, ce disant, Giles regardait fixement Christopher Wren.

Le jeune architecte se leva d'un bond, protestant avec une véhémence hystérique :

– Ce n'est pas vrai! Vous vous retournez tous contre moi! Vous voulez me mettre ça sur le dos! C'est de la persécution! parfaitement, de la persécution!

– Allons! du calme, mon garçon! dit Metcalf.

– Soyez sans inquiétude, Chris, intervint Molly qui, s'approchant du jeune homme, posa une main sur son bras. Nul n'est contre vous. Sergent, dites-lui que vous n'avez pas l'intention de l'arrêter.

– Tant que je n'ai pas de preuves, je ne puis arrêter personne.

– Sergent, reprit Molly, est-ce que... Pourrais-je vous parler un instant en tête à tête?

– Je reste, décréta son mari.

– Non, Giles, je t'en prie!

Le visage de Giles se rembrunit encore davantage.

– Je me demande ce qui te prend, Molly, dit-il.

Il s'en fut cependant avec les autres, claquant la porte derrière lui.

– Qu'y a-t-il... Mrs Davis? s'enquit alors le policier.

– Sergent, lorsque vous nous avez parlé de l'affaire de Longridge Farm, vous sembliez penser que ce devait être l'aîné, le garçon qui... qui était responsable de tout cela. Mais vous n'avez aucune *certitude* à cet égard, n'est-ce pas?

– Non, en effet, Mrs Davis. Ça me paraît néanmoins plus que probable, car tout accuse ce garçon : son instabilité mentale, sa désertion de l'armée, le rapport du psychiatre.

– Oui, je sais. Et, en conséquence, tout semble indiquer qu'il s'agit de Christopher Wren. Mais je ne crois pas que ce soit lui. Il doit exister d'autres... possibilités. Ces trois enfants n'avaient-ils pas de famille? Leurs parents?

– La mère était morte, le père faisait la guerre.

– Eh bien! Où est-il maintenant, leur père?

– Nous n'en avons aucune idée. Il a été démobilisé l'année dernière.

– Si le fils est mentalement instable, cela peut lui venir de son père. Alors, pourquoi l'assassin ne serait-il pas aussi bien un homme d'un certain âge? Le major Metcalf était tout ému quand je lui ai dit que la police avait téléphoné...

– Depuis le début de cette affaire, Mrs Davis, je

vous prie de croire que j'ai envisagé toutes les hypothèses. Il pourrait même s'agir de la sœur. Tout est possible et mon opinion a beau être faite, je ne sais encore rien de probant. A une époque comme celle que nous traversons, il est très difficile d'être renseigné sur quelque chose ou quelqu'un. Vous n'avez pas idée de ce qu'il nous arrive de voir dans la police. Notamment en ce qui concerne les mariages..., ces mariages de guerre qui se concluent si vite. On ne sait rien l'un de l'autre, on se croit sur parole. Le garçon dit qu'il est pilote de chasse ou officier, et la fille n'en doute pas un seul instant. Il s'écoulera parfois un ou même deux ans avant qu'elle ne découvre qu'il est, en réalité, employé de banque, déjà marié et père de famille... ou bien déserteur. (Le policier marqua un temps, puis continua :) Je sais ce que vous pensez, Mrs Davis. Aussi je tiens à vous dire encore une chose : c'est que *l'assassin s'amuse certainement beaucoup.*

Restée seule, Molly demeura immobile et pensive, le visage empourpré. Après un moment, elle se dirigea lentement vers la cuisinière et ouvrit le four. Une appétissante odeur vint solliciter ses narines et son cœur se gonfla de joie. Ce fut comme si elle se retrouvait soudain plongée dans son cher petit univers quotidien. Plus rien n'existait des dangers, de la folie du monde. Toute menace semblait écartée. Il en a toujours été ainsi depuis que les femmes préparent les repas pour leurs hommes.

La porte du hall se rouvrit et Christopher Wren entra, un peu haletant :

– Quel grabuge, ma chère! Voilà maintenant qu'on a volé les skis du sergent!

– Mais pourquoi, grands dieux? Qui a bien pu faire cela?

– Je n'en ai vraiment aucune idée. En effet, si le sergent avait décidé de reprendre ses skis pour nous quitter, cela n'aurait pu, me semble-t-il, qu'enchanter l'assassin...

– Giles les avait rangés dans le débarras, sous l'escalier.

– Eh bien, ils n'y sont plus! Déconcertant, n'est-ce pas? Le sergent, lui, est furieux et s'en prend au pauvre major Metcalf, lequel est incapable de lui dire si les skis étaient encore là ou non lorsqu'il est entré dans le débarras. Trotter maintient qu'il *n'a pas pu* ne pas s'en rendre compte. Si vous voulez mon avis, ajouta Christopher en baissant la voix, cette affaire commence à déprimer sérieusement le pauvre Trotter.

– Elle nous déprime tous, dit Molly.

– Non, moi je la trouve, au contraire, extrêmement stimulante. Tout cela a quelque chose de si délicieusement irréel!

– Vous ne diriez pas cela si... si vous aviez découvert le cadavre de Mrs Boyle, répliqua la jeune femme d'un ton sec. Jamais je ne pourrai l'oublier... Ce visage... rouge et boursouflé...

Molly frissonna. S'approchant d'elle, Christopher posa une main sur son épaule :

– Je m'en doute. Quel idiot je fais! J'ai parlé sans réfléchir. Pardonnez-moi.

Molly eut une sorte de sanglot :

– Tout semblait aller si bien, il y a un instant... Mon fourneau... La cuisine... (La jeune femme parlait de façon confuse, incohérente.) Et puis soudain..., de nouveau, ce cauchemar...

Une curieuse expression s'était peinte sur le

visage de Christopher tandis qu'il considérait la nuque inclinée de Molly.

– Je comprends, dit-il. Je comprends. (Puis, s'éloignant d'un pas, il ajouta :) Au lieu de rester à vous importuner, mieux vaut que je vous laisse...

– Non! non! ne partez pas! s'écria Molly, comme il étendait la main vers le bouton de la porte.

Il se retourna d'un air interrogateur, puis revint lentement vers la table.

– C'est bien le fond de votre pensée? Vous ne voulez vraiment pas que je... vous quitte?

– Non! J'ai peur de rester seule.

Christopher s'assit au bout de la table. Molly haussa d'un cran la tarte dans le four, puis rejoignit le jeune homme, qui lui dit posément :

– C'est très intéressant.

– Quoi donc?

– Que vous n'ayez pas peur de rester seule... avec moi. Comment cela se fait-il, Molly?

– Je ne sais pas...

– Je suis pourtant le seul, apparemment, qui puisse être l'assassin.

– Non, dit Molly. Il existe d'autres possibilités. J'en ai parlé avec le sergent Trotter.

– Et il a partagé votre point de vue?

– Il ne l'a pas contredit.

Certaines paroles du policier continuaient de résonner dans la tête de Molly. Surtout sa dernière remarque : *Je sais ce que vous pensez, Mrs Davis.* Mais comment aurait-il pu même s'en douter?

Il avait dit aussi que l'assassin s'amusait certainement beaucoup. Etait-ce vrai? Elle demanda soudain :

– En dépit de ce que vous venez de me raconter,

il n'est pas *vrai* que vous vous amusiez, n'est-ce pas?

– Seigneur, non! s'exclama Christopher en la regardant fixement. Pourquoi dites-vous cela?

– Ce n'est pas moi qui le dis, mais le sergent Trotter. Oh! je le déteste! Il... il vous met des choses dans la tête..., des choses qui ne peuvent pas être vraies!

Molly cacha son visage dans ses mains, mais, avec beaucoup de douceur, Christopher les en écarta :

– Voyons, Molly, qu'y a-t-il?

Elle leva les yeux vers lui et le considéra longuement. Il avait l'air très calme à présent, plus mûr aussi. Puis, à brûle-pourpoint, elle déclara :

– Il y a combien de temps que je vous connais, Christopher? Deux jours?

– Environ, oui. Et vous êtes en train de vous dire que nous sommes devenus bien intimes en si peu de temps?

– Oui... C'est étrange, n'est-ce pas?

– Oh! je ne sais pas... Il existe entre nous des affinités. Peut-être cela tient-il au fait que, l'un comme l'autre, nous... n'avons pas eu de chance.

Molly ne releva pas, mais questionna :

– Vous ne vous appelez pas Christopher Wren, n'est-ce pas?

– Non.

– Quel est votre véritable nom?

– Il ne me paraît pas utile que vous le sachiez, répliqua tranquillement Christopher. De toute façon, mon nom ne vous dirait rien, mais je ne m'appelle pas plus Wren que je ne suis architecte. Pour ne rien vous cacher, je suis un déserteur.

L'éclair d'inquiétude qui traversa le regard de Molly n'échappa point à son interlocuteur.

– Oui, confirma-t-il, comme notre mystérieux assassin. Je vous avais bien dit que j'étais le seul à remplir les conditions nécessaires et suffisantes!

– Ne soyez pas ridicule! protesta Molly. Je vous le répète : je ne crois pas que vous soyez l'assassin. Mais parlez-moi encore de vous... Qu'est-ce qui vous a poussé à déserter? Vos nerfs, qui ont flanché?

– La peur, voulez-vous dire? Non, assez curieusement, je n'avais pas plus peur que n'importe qui. Non, c'est pour une tout autre raison. A cause de... de ma mère. Vous comprenez, elle est morte au cours d'un bombardement, enfouie sous les décombres de l'immeuble. Il.. il a fallu creuser pour dégager son corps. Quand j'ai appris cela, je ne sais ce qui s'est produit en moi... J'ai dû perdre momentanément la tête... J'avais l'impression que cela m'était arrivé *à moi*, qu'il me fallait rentrer vite à la maison pour me dégager des décombres... C'est difficile à expliquer...

Baissant la tête, il porta une main à son front et continua d'une voix sourde :

– J'ai erré pendant des heures à la recherche de ma mère... ou de moi-même, je ne sais plus... Puis, quand j'ai recouvré mes esprits, j'ai eu peur de retourner au camp. Je me rendais compte que jamais je ne pourrais arriver à leur faire comprendre, à me justifier. Et depuis lors, je... je ne suis plus rien!

Il leva vers Molly un visage comme creusé par le désespoir.

– Ne dites pas cela, Christopher. Vous pouvez recommencer votre vie. Vous êtes encore jeune.

– Oui..., mais je suis arrivé au bout du rouleau.

– Non, dit Molly, vous vous l'imaginez seulement. Tout le monde éprouve plus ou moins cela à un moment de son existence... Le sentiment de ne pas pouvoir aller plus loin.

– Vous avez connu cela aussi, n'est-ce pas, Molly? Sans quoi, vous ne parleriez pas de la sorte.

– Oui. J'étais fiancée à un jeune pilote de chasse..., et il a été tué.

– Et n'y a-t-il pas eu encore autre chose?

– Si... J'ai subi un grand choc quand j'étais enfant. J'avais une sœur aînée. A travers elle, il m'est arrivé quelque chose d'atroce... et j'ai été amenée à penser que la vie était toujours ainsi... horrible. La mort de Jack m'a confirmée dans cette opinion.

– Je comprends, fit Christopher en la regardant avec attention. Et puis, je suppose, Giles est arrivé?

– Oui.

Il vit un sourire de timide tendresse vaciller sur les lèvres de Molly.

– Oui, Giles est arrivé... Et tout a été de nouveau beau et bon... Giles!

Le sourire disparut brusquement, et la jeune femme frissonna tandis que son visage prenait une expression d'angoisse.

– Qu'y a-t-il, Molly? De quoi avez-vous peur? Car vous avez peur, n'est-ce pas? Est-ce à cause de Giles?

– Pas réellement à cause de Giles, non. C'est cet horrible sergent Trotter! Il laisse entendre des choses... Il me met d'affreuses pensées en tête concernant Giles. Oh! je le hais! je le hais!

Christopher haussa lentement les sourcils, laissant paraître sa surprise.

– Giles... Mais oui, bien sûr! s'écria-t-il. Nous sommes sensiblement du même âge. Il paraît plus vieux que moi, mais il ne doit pas vraiment l'être.

Bon, ce pourrait aussi bien être lui, d'accord. Mais, réfléchissez, Molly : votre mari était ici, avec vous, quand cette autre femme a été assassinée à Londres.

Comme Molly ne réagissait pas et demeurait silencieuse, Christopher demanda :

– Il n'était pas là?

Alors, les mots se bousculèrent sur les lèvres de Molly, de façon presque incohérente :

– Il a été absent toute la journée... Il était allé de l'autre côté du comté, à cause d'un lot de grillage qui devait se vendre aux enchères... Du moins, je l'ai cru jusqu'à... jusqu'à...

– Jusqu'à quoi?

Molly étendit lentement la main et son ongle souligna la date de l'*Evening Standard* qui se trouvait sur la table de la cuisine.

Christopher dit :

– Le numéro d'il y a deux jours. Edition de Londres.

– Ce journal était dans la poche de Giles quand il est rentré. Il.. il avait dû aller à Londres.

Christopher esquissa une moue et il émit un petit sifflement qu'il interrompit net. Puis, choisissant soigneusement ses mots, il s'enquit :

– Que savez-vous de Giles, au juste?

– Ah! non! s'exclama Molly. C'est précisément ce qu'insinuait cet horrible Trotter! Que les femmes ne savent souvent rien des hommes qu'elles épousent..., surtout en période de guerre. Qu'elles... qu'elles les croient sur parole et...

Elle se tut brusquement, car la porte du hall venait de s'ouvrir, livrant passage à Giles, lequel lança, un sourire quelque peu sardonique aux lèvres :

– Je vous dérange?

– J'étais en train de prendre une leçon de cuisine, dit Christopher en se levant.

– Vraiment? Eh bien moi, je ne veux plus vous voir avec ma femme!

– Oh! vous ne pensez quand même pas...

– Je ne tiens pas à ce que Molly soit la prochaine victime! Cessez de tourner autour d'elle!

– Mais c'est précisément pour veiller sur elle...

Giles devint écarlate :

– Merci, mais je suis capable de veiller seul sur ma femme. Allez-vous-en d'ici!

– Oui, Christopher, dit Molly d'une voix claire. Partez, je vous en prie!

Christopher se dirigea lentement vers la porte.

– De toute façon, je ne serai pas bien loin, dit-il.

Ces mots s'adressaient à Molly et il semblait y mettre un sous-entendu.

– Voulez-vous me ficher le camp, oui ou non?

– A vos ordres, commandant! fit Christopher en esquissant un salut militaire.

La porte se referma derrière lui, et Giles se tourna vers sa femme :

– Au nom du ciel, Molly, as-tu donc perdu tout bon sens? T'enfermer seule ici avec un fou criminel!

– Ce n'est pas... (Molly rectifia vivement sa phrase.) Il n'est pas dangereux. Et, de toute façon, je suis de taille à me défendre.

Giles eut un rire déplaisant :

– C'est sans doute ce que croyait Mrs Boyle!

– Oh! Giles!

– Pardon, ma chérie. Mais aussi, ça me fait bouillir! Que peux-tu bien trouver à ce garçon?

72

– Il me fait pitié, dit lentement Molly.

– Tu as pitié d'un obsédé du meurtre?

– Je *pourrais* en avoir pitié, dit Molly en regardant son mari d'un air étrange.

– Et tu l'appelles « Christopher » en plus. Depuis quand en êtes-vous à ce degré d'intimité?

– Ecoute, Giles, ne sois pas ridicule. Tu sais qu'il est désormais courant d'appeler les gens par leur prénom!

– Même quand on les connaît seulement depuis deux jours? A moins que tu ne connaisses Mr Wren depuis plus longtemps que ça? Peut-être connaissais-tu ce soi-disant architecte avant qu'il ne vienne ici? C'est peut-être précisément toi qui lui as suggéré de venir? Peut-être étiez-vous de mèche tous les deux?

– Giles, tu perds l'esprit ou quoi? Tout ce que tu dis est tellement absurde! Je n'avais jamais vu Christopher Wren avant qu'il n'arrive ici.

– Tu n'es pas allée le retrouver à Londres, voici deux jours, pour t'entendre avec lui?

– Tu sais parfaitement bien qu'il y a des semaines que je ne suis pas allée à Londres!

– Vraiment?

Sortant de sa poche un gant fourré, Giles le tendit à sa femme :

– C'est bien un des gants que tu portais avanthier, n'est-ce pas? Le jour où j'étais à Sailham pour le grillage?

– Oui, confirma Molly en regardant son mari droit dans les yeux, je portais en effet ces gants le jour où tu étais à Sailham pour le grillage.

– Tu m'as dit être allée jusqu'au village. Si tu n'es allée qu'au village, que fait ceci dans ton gant?

D'un geste accusateur, il lui présentait le ticket d'autobus.

Il y eut un silence, que Giles rompit en disant :

— Tu as été à Londres.

— Eh bien oui! convint Molly en redressant la tête d'un air de défi. Je suis allée à Londres.

— Peut-on savoir pourquoi?

— Je préfère ne pas te le dire pour l'instant.

— Ce qui signifie que tu veux avoir le temps d'inventer quelque bonne histoire.

— Giles, je crois que je vais finir par te haïr...

— Moi, je ne te hais pas, dit lentement le jeune homme, mais je le regrette presque... J'ai l'impression de... de ne plus rien savoir de toi.

— C'est exactement ce que j'éprouve à ton égard. Tu es devenu pour moi quelqu'un d'étranger. Un homme qui me ment...

— Quand t'ai-je jamais menti?

Molly se mit à rire :

— T'imagines-tu que j'aie cru à ton histoire de grillage? Ce jour-là, *toi aussi*, tu étais à Londres.

— Je suppose que tu m'y as vu, dit Giles. Et tu n'as pas eu suffisamment confiance en moi pour...

— Confiance en toi? Jamais plus je n'aurai confiance en qui que ce soit! Jamais!

Ni l'un ni l'autre n'avaient pris garde que la porte du hall se rouvrait sans bruit. Mr Paravicini toussota discrètement.

— C'est très gênant..., murmura-t-il. J'espère, jeunes gens, que vous ne pensez pas tout ce que vous dites. C'est souvent le cas dans une querelle d'amoureux...

— Une querelle d'amoureux! railla Giles. Ah! elle est bien bonne, celle-là!

— Mais oui, mais oui, assura Mr Paravicini, je

comprends ce que vous devez ressentir! Je venais simplement vous annoncer que cet inspecteur insiste pour que nous nous réunissions tous dans le salon. Il a une idée, paraît-il!

– Vas-y, Giles, dit Molly. Moi, j'ai besoin de m'occuper du déjeuner, et le sergent Trotter peut se passer de moi.

– A propos de déjeuner, reprit Mr Paravicini en achevant lestement d'entrer dans la cuisine, avez-vous déjà essayé les canapés de foie gras avec une très mince tranche de bacon préalablement enduite de moutarde?

– En ce moment, le foie gras est plutôt rare, intervint Giles. Venez, Mr Paravicini.

– Voulez-vous que je reste pour vous aider, chère madame? proposa l'étranger.

– Venez au salon avec moi! lui intima Giles.

Mr Paravicini le regarda et se mit à rire doucement :

– Vous êtes un sage, jeune homme. Vous vous dites qu'on n'est jamais trop prudent, et vous préférez ne pas courir de risques. Comment vous prouver – ou à l'inspecteur aussi bien – que je ne suis pas un fou criminel? Impossible! Il est toujours extrêmement difficile de prouver qu'une chose n'est pas.

Il se mit à fredonner doucement, et le visage de Molly eut une crispation :

– Je vous en prie! Mr Paravicini... Pas cette horrible chanson!

– *Trois Souris...* Oh! je vous demande pardon. Cet air m'est entré dans la tête. A la réflexion, les paroles de cette comptine sont assez macabres. Mais les enfants adorent les choses macabres. Très caractéristique de la campagne anglaise, ce côté à la fois bucolique et cruel. *Mais sortant son couteau, la fermière leur a tranché la queue...*

– Non, de grâce! implora Molly. Je vais finir par croire que vous aussi vous êtes cruel... (Sa voix monta de façon hystérique.) Vous plaisantez et vous souriez sans cesse... Vous me faites penser au chat jouant avec la souris..., jouant avec...

– Allons! Molly, calme-toi, dit fermement Giles. Viens avec moi dans le salon. Trotter va finir par s'impatienter. Laisse tomber un peu la cuisine!

Christopher Wren se joignit à eux dans le hall et ce fut presque en procession qu'ils gagnèrent le salon.

Le sergent Trotter et le major Metcalf, debout, les attendaient. Le major avait l'air morose, alors que le sergent paraissait aussi énergique que décidé.

– Parfait, dit-il en voyant entrer le trio. Je désirais vous avoir tous ici afin de me livrer à une expérience pour laquelle j'ai besoin de votre concours.

– Est-ce que ce sera long? s'informa Molly. J'ai beaucoup à faire dans la cuisine.

– Je m'en doute, Mrs Davis, répondit Trotter. Mais permettez-moi de vous dire qu'il y a des choses plus importantes que les repas. La preuve en est que Mrs Boyle se passera désormais de manger.

– Vraiment, sergent! protesta le major Metcalf. Votre façon de répliquer manque singulièrement de tact!

– Désolé, major, mais je veux que tout le monde participe à mon expérience.

– Avez-vous retrouvé vos skis, sergent? demanda Molly.

Le visage du jeune policier s'empourpra :

– Non, Mrs Davis. Mais je crois savoir qui me les a subtilisés et pour quelle raison on l'a fait. Toutefois, je préfère ne pas en dire davantage pour l'instant...

– Oh! oui, je vous en prie! approuva Mr Paravicini. J'ai toujours pensé qu'il valait mieux garder toutes les explications pour la fin... Cela rend le dernier chapitre tellement plus passionnant!

– Il ne s'agit pas ici d'un jeu, monsieur.

– Vous croyez? Alors, là, je pense que vous faites erreur. C'est un jeu... pour quelqu'un.

– L'assassin, lui, s'amuse certainement beaucoup, dit Molly à mi-voix.

Les autres la regardèrent avec stupeur, et elle expliqua en rougissant :

– Je répétais simplement ce que m'a dit le sergent Trotter.

Le policier laissa paraître son mécontentement :

– Mr Paravicini a beau faire allusion au dernier chapitre et sembler considérer cette affaire comme un roman, elle n'en est pas moins terriblement réelle.

Il s'éclaircit la voix pour s'efforcer de retrouver un ton plus officiel :

– Tout à l'heure, j'ai recueilli vos déclarations concernant les endroits où vous étiez lorsque Mrs Boyle a été étranglée. Mr Wren et Mr Davis se trouvaient chacun dans leur chambre, seuls. Mrs Davis était dans la cuisine, le major Metcalf à la cave, et Mr Paravicini ici-même...

Le policier marqua un temps, puis reprit :

– Telles sont les informations que vous m'avez fournies. Je n'ai aucun moyen de les contrôler. En d'autres termes : quatre d'entre vous m'ont dit la vérité, *mais il en est un qui m'a menti.* Lequel?

Son regard fit lentement le tour des visages, mais personne ne dit mot.

— J'ai un plan susceptible de m'aider à découvrir qui m'a menti, poursuivit-il. Et, lorsque je connaîtrai le menteur, je connaîtrai du même coup l'assassin.

— Pas nécessairement, contredit Giles. Quelqu'un a pu vous mentir... pour une autre raison.

— J'en doute, Mr Davis.

— Mais où voulez-vous en venir, au juste? Vous-même, à l'instant, nous avez déclaré n'avoir aucun moyen de contrôler nos dires?

— Non, en effet, je n'ai aucun moyen de les contrôler, mais je vais vous demander à tous de recommencer ce que vous faisiez à ce moment-là.

— Peuh! fit Metcalf avec un geste dédaigneux, la reconstitution du crime! C'est une mode qui nous vient de l'étranger.

— Non, major. Pas la reconstitution du *crime*, mais celle des faits et gestes de personnes présumées innocentes.

Un silence suivit, tout chargé de malaise. On aurait pu croire que non pas un mais cinq coupables se trouvaient dans la pièce. Avec une visible méfiance, chacun considérait à la dérobée le jeune homme, souriant et plein d'assurance, qui leur proposait cette reconstitution apparemment sans risque.

Christopher fut le premier à réagir et ce, avec une stridente véhémence.

— Je ne vois vraiment pas ce que vous espérez découvrir ainsi!... cria-t-il. Ça me paraît absolument insensé!

— Vraiment, Mr Wren?

— Peu importe, intervint posément Giles, nous

78

nous plierons à vos désirs, sergent. Devons-nous répéter exactement tout ce que nous avons fait?

– Oui, je vous prie, exactement tout ce qui a été fait.

La phrase avait une légère ambiguïté, et le major Metcalf tiqua, mais le sergent Trotter poursuivit :

– Mr Paravicini nous a dit qu'il était assis au piano et y jouait un certain air avec un seul doigt... Mr Paravicini, voulez-vous avoir l'extrême obligeance de recommencer?

– Mais certainement, mon cher sergent.

Mr Paravicini traversa la pièce d'un pas vif, s'assit sur le tabouret, devant le piano à queue, et annonça :

– Le maestro va exécuter au piano l'indicatif du meurtre.

Et, avec beaucoup d'affectation, il se mit à jouer d'un doigt l'air des *Trois Souris*.

Les notes s'égrenèrent de façon presque sinistre à travers la vaste pièce. Il s'amuse, pensa Molly. *Il s'amuse certainement beaucoup.*

– Merci, Mr Paravicini, dit Trotter. C'est bien ainsi que vous avez joué, l'autre fois?

– Oui, sergent. Maintenant comme alors, j'ai répété à trois reprises ce petit air.

Le sergent Trotter se tourna vers Molly :

– Jouez-vous du piano, Mrs Davis?

– Oui, sergent.

– Pourriez-vous rejouer cet air exactement comme Mr Paravicini?

– Oui, bien sûr.

– Alors, voulez-vous prendre sa place et vous préparer à le faire quand je vous en donnerai le signal?

Molly parut quelque peu déconcertée, mais se dirigea lentement vers le piano.

Mr Paravicini quitta le tabouret en protestant :

– Mais, sergent, j'avais cru comprendre que nous devions tous recommencer ce qui avait été fait? Or, à ce moment-là, c'est moi qui étais au piano.

– Tout ce qui a été fait alors sera recommencé, *mais pas nécessairement par les mêmes personnes.*

– Alors, je n'en vois pas l'utilité, objecta Giles.

– C'est un moyen de vérifier les déclarations qui ont été faites..., l'une d'elles, tout au moins. Je vais vous distribuer vos rôles. Mrs Davis reste ici. Mr Wren, voulez-vous aller dans la cuisine, je vous prie? Profitez-en pour surveiller la cuisson du déjeuner. Mr Paravicini, je vais vous demander de monter dans la chambre de Mr Wren, où vous pourrez exercer vos talents musicaux en sifflotant *Trois Souris* comme il l'a fait. Major Metcalf, il vous appartiendra d'aller dans la chambre de Mr Davis pour y vérifier l'état du téléphone...

Quant à vous, Mr Davis, voudrez-vous avoir la bonté de jeter un coup d'œil dans le débarras et descendre ensuite à la cave?

Il y eut un instant de total silence, puis quatre personnes s'en furent vers le hall pour gagner les postes qui venaient de leur être assignés, et Trotter les suivit en disant à Molly, par-dessus son épaule :

– Comptez jusqu'à cinquante, Mrs Davis, puis mettez-vous à jouer.

Avant que la porte ne se referme derrière lui, Molly entendit Mr Paravicini lancer d'une voix perçante :

– Je ne me doutais absolument pas que la police fût si portée sur les jeux de société!

– ...Quarante-huit, quarante-neuf, cinquante.

Ayant fini de compter, docile, Molly se mit à jouer.

De nouveau s'élevèrent dans la vaste pièce les notes de la petite chanson :

> *Trois souris,*
> *N'y voyant mie...*

Molly sentait les battements de son cœur s'accélérer de plus en plus. Très faiblement, elle entendait siffloter le même air dans la chambre au-dessus de sa tête... Paravicini jouant le rôle de Christopher Wren.

Soudain, dans la bibliothèque, la radio se mit à fonctionner. Sans doute avait-elle été allumée par le sergent Trotter qui, par conséquent, remplaçait Mrs Boyle dans cette reconstitution.

Mais dans quel but? A quoi tout cela tendait-il? Où était le piège? Car Molly en était convaincue, cette reconstitution devait cacher un piège...

Un courant d'air froid lui effleura la nuque, et elle tourna vivement la tête. Avait-on ouvert la porte? Quelqu'un était-il entré dans la pièce? Non, elle y était toujours seule... Mais, brusquement, la jeune femme se sentit gagner par la peur. Si Mr Paravicini se faufilait dans le salon, s'approchait du piano, étendait vers elle ses mains aux longs doigts souples...

« Allons! se rabroua-t-elle aussitôt, ne t'abandonne pas ainsi à ton imagination. D'ailleurs, en ce moment même, tu peux entendre Paravicini siffloter au-dessus de ta tête, tout comme lui peut t'entendre... »

Molly faillit s'interrompre de jouer quand il lui vint brusquement à l'esprit que *personne n'avait entendu Mr Paravicini pianoter*. Etait-ce là le piège? Se pouvait-il que Mr Paravicini n'eût pas joué du tout? Qu'il ne se soit pas trouvé dans le salon, mais bien dans la bibliothèque, en train d'étrangler Mrs Boyle?

Il avait paru très contrarié quand Trotter avait demandé à Molly de le remplacer au piano. Auparavant, il avait affirmé avoir joué très doucement, soulignant ce détail dans l'espoir d'expliquer ainsi pourquoi nul ne l'avait entendu. Si maintenant quelqu'un entendait le piano alors que ça n'avait pas été le cas l'autre fois... Alors, Trotter aurait ce qu'il cherchait... *Il saurait qui lui avait menti.*

La porte du salon s'ouvrit et, l'esprit tout occupé de Paravicini, Molly fut sur le point de hurler. Mais ce n'était que le sergent Trotter, survenant juste comme elle achevait de jouer le petit air pour la troisième fois.

– Merci, Mrs Davis.

Trotter paraissait très content de lui et rayonnait d'assurance satisfaite.

– Avez-vous trouvé ce que vous cherchiez? lui demanda Molly en se détournant à demi du clavier.

– Oui, exulta-t-il. J'ai exactement ce que je voulais.

– Quoi donc? Qui est-ce?

– Ne l'avez-vous pas compris, Mrs Davis? Allons! voyons... Ce n'est pas si difficile. A propos, permettez-moi de vous dire que vous avez été fort imprudente. Vous m'avez laissé ignorer qui pourrait être la troisième victime et, ce faisant, vous vous êtes mise vous-même en grand danger.

– Moi? Je ne vois pas ce que vous voulez dire.

– Je veux dire que vous n'avez pas été franche avec moi, Mrs Davis. Tout comme Mrs Boyle, vous m'avez caché des choses...

– Je ne comprends vraiment pas...

– Oh! que si. Tenez, quand j'ai fait allusion pour la première fois à l'affaire de Longridge Farm, *vous étiez parfaitement au courant*. Mais oui! Vous en avez été toute bouleversée. Et vous avez spontanément confirmé que Mrs Boyle était chargée d'assurer le relogement des réfugiés. Aussi, lorsque j'ai commencé à me demander qui risquait d'être la troisième victime, j'ai tout de suite pensé à vous. Dans la police, voyez-vous, nous ne sommes pas aussi bornés que nous en avons l'air.

– Vous ne comprenez donc pas, dit Molly d'une voix sourde, que je répugnais à réveiller ces souvenirs...

– Si, je le comprends, assura Trotter dont la voix changea. Votre nom de jeune fille est Wainwright, n'est-ce pas?

– Oui.

– Et vous êtes un tout petit peu plus âgée que vous ne le prétendez. En 1940, lorsque cette affaire a eu lieu, vous étiez institutrice à l'école d'Abbey-vale.

– Non!

– Si, Mrs Davis.

– Je vous répète que non!

– L'enfant, avant de mourir, avait réussi à mettre à la poste une lettre qu'il vous écrivait... Une lettre où il appelait à son secours sa gentille maîtresse d'école. C'est le devoir d'une institutrice de chercher à savoir pourquoi un enfant ne vient plus en classe. Vous ne l'avez pas fait. Vous avez ignoré purement et simplement la lettre de ce pauvre gosse.

– Assez! cria Molly dont les joues s'étaient empourprées. C'est de ma sœur que vous êtes en train de parler. C'était elle l'institutrice. Mais elle était alitée, avec une pneumonie. Lorsqu'elle a lu la lettre, le petit était mort, et ma sœur en a été affreusement bouleversée. Il n'y avait rien de sa faute, mais sa vie en a été affectée au point que c'est demeuré pour moi comme un cauchemar...

Molly enfouit son visage dans ses mains. Quand elle releva la tête, elle vit que Trotter la considérait fixement.

– Ainsi donc, c'était votre sœur... Bah! après tout, continua-t-il avec un drôle de sourire, cela n'a pas tellement d'importance, hein? Votre sœur..., *mon* frère.

Son sourire s'accentua joyeusement tandis qu'il sortait quelque chose de sa poche. Molly regarda ce qu'il tenait à la main.

– Je croyais avoir entendu dire que les policiers n'étaient jamais armés...

– C'est tout à fait exact, dit le jeune homme. Mais, voyez-vous, Mrs Davis, *je ne suis pas un policier*. Je suis Jim, le frère de Georgie. Vous avez cru que j'étais un policier parce que, de la cabine téléphonique du village, je vous ai annoncé que le sergent Trotter allait venir ici. Lorsque je suis arrivé, j'ai coupé les fils du téléphone pour que vous ne puissiez pas rappeler le commissariat...

Molly continuait de regarder le revolver maintenant braqué sur elle.

– Ne bougez pas, Mrs Davis... Ne poussez pas de cri... ou j'appuie immédiatement sur la détente.

Il souriait toujours, et Molly se rendit compte avec horreur que c'était là un sourire d'enfant, tout comme sa voix lorsqu'il parla de nouveau :

– Oui, dit-il, je suis le frère de Georgie. Georgie est mort à Longridge Farm. Ce chameau de mère

Boyle nous avait envoyés là-bas où la fermière s'est montrée si mauvaise. Et vous n'avez pas voulu venir au secours des trois petites souris aveugles. Alors, je me suis promis de vous tuer toutes quand je serai grand. Depuis, je n'ai pas cessé un seul jour d'y penser.

Il fronça brusquement les sourcils :

– Dans l'armée, ils m'ont embêté... Ce docteur ne cessait de me poser des questions... Alors, je me suis enfui, car j'avais peur qu'ils m'empêchent de faire ce que je voulais. Mais, maintenant, je suis une grande personne. Et les grandes personnes peuvent faire tout ce qu'elles veulent.

Molly s'était ressaisie. « Il faut que je lui parle, pensa-t-elle, que je détourne son attention. »

– Voyons, Jim, réfléchissez. Vous êtes dans l'impossibilité de vous enfuir. Vous serez immanquablement arrêté.

Le visage du jeune homme se rembrunit.

– Quelqu'un a caché mes skis, dit-il. Mais je m'en fiche, continua-t-il en retrouvant son sourire, ce revolver est celui de votre mari que j'ai pris dans son tiroir. Comme ça, ils penseront probablement que c'est *lui* qui vous a tuée. Mais, de toute façon, ça m'est égal. J'ai trouvé cela tellement amusant... Ah ! cette femme à Londres ! Sa tête quand elle m'a reconnu ! Et cette idiote, ce matin !...

Alors, très distinctement on entendit quelqu'un siffloter, siffloter l'air des *Trois Souris*.

Trotter tressaillit, le revolver vacilla... Une voix cria :

– Couchez-vous par terre, Mrs Davis !

Molly se laissa tomber à plat ventre au moment même où le major Metcalf, surgissant de derrière le canapé proche de la porte, se jetait sur Trotter. Il y eut une détonation et la balle alla se loger dans un des médiocres tableaux auxquels la défunte tante Katherine tenait tellement.

L'instant d'après, les autres firent irruption dans le salon où régna bientôt un désordre indescriptible.

Le major, qui maintenait d'une main ferme le pseudo Trotter, s'expliqua en quelques phrases un peu haletantes :

– Suis arrivé pendant que vous jouiez... Caché derrière le canapé... Je l'avais eu à l'œil dès le début... Je veux dire : je savais qu'il n'était pas de la police, car moi, j'en fais partie... Inspecteur Tanner... Nous nous étions arrangés avec Metcalf pour que je me substitue à lui. Scotland Yard estimait plus prudent d'avoir quelqu'un sur place. Maintenant, mon garçon, continua-t-il en s'adressant d'une voix douce à son prisonnier à présent parfaitement docile, tu vas venir avec moi. Personne ne te fera de mal. Nous y veillerons.

D'une pitoyable voix d'enfant, le jeune homme bronzé demanda :

– Georgie ne va pas être fâché après moi?

– Non, Georgie ne sera pas fâché, lui assura Tanner (alias Metcalf) qui murmura en passant devant Giles : Le pauvre diable est complètement cinglé!

Ils sortirent ensemble de la pièce, et Mr Paravicini, tirant discrètement Christopher Wren par la manche, murmura :

– Venez... Eclipsons-nous aussi!

Restés seuls, Giles et Molly se regardèrent, puis se jetèrent dans les bras l'un de l'autre.

– Oh! ma chérie, s'inquiéta Giles, il ne t'a pas fait de mal, au moins?

– Non, non, je n'ai absolument rien. Giles, je ne savais plus où j'en étais. J'ai presque cru que tu... Pourquoi étais-tu allé à Londres ce jour-là?

– Je désirais t'acheter un cadeau pour demain, pour notre anniversaire de mariage. Et je ne voulais pas que tu le saches.

– Pas possible! Figure-toi que, moi aussi, je suis allée à Londres en cachette exactement pour la même raison!

– J'étais stupidement jaloux de ce pauvre Christopher Wren. Il fallait vraiment que j'aie perdu la tête... Pardonne-moi, ma chérie.

La porte s'ouvrit, livrant passage à un Mr Paravicini plus faunesque que jamais.

– En pleine réconciliation, à ce que je vois! dit-il. Je suis navré d'interrompre un aussi touchant entretien, mais, hélas! il me faut prendre congé de vous. Une jeep de la police a pu arriver jusqu'ici, et je vais les persuader de m'emmener avec eux.

Se penchant, il chuchota mystérieusement à l'oreille de Molly:

– Il n'est pas exclu que j'aie quelques menus ennuis dans un très proche avenir, mais cela finira certainement par s'arranger. Si donc vous recevez un colis avec... disons une oie, une dinde, quelques boîtes de foie gras, un jambon... sans oublier, naturellement, des bas de nylon, vous voudrez bien accepter le tout avec mes hommages à une très charmante maîtresse de maison. Mrs Davis, vous trouverez mon chèque sur la table du hall.

Il s'éclipsa lestement après avoir baisé la main de Molly.

– Des bas? murmura la jeune femme. Du foie gras? Mais qui est donc Mr Paravicini, Giles? Le Père Noël?

— Je croirais plutôt qu'il s'occupe d'un marché aussi noir que sa barbe.

Passant timidement la tête dans l'entrebâillement de la porte, Christopher Wren dit :

— Excusez-moi de vous déranger, mais je sens une odeur de brûlé en provenance de la cuisine. Faut-il que je m'en occupe?

— Ma tarte! cria Molly, affolée, en se précipitant hors de la pièce.

MEURTRE SUR MESURE
(*Tape-measure murder*)

Saisissant le heurtoir, miss Politt en usa avec discrétion à la porte du cottage. Après avoir patienté poliment, elle frappa de nouveau. Cela fit glisser un peu le paquet qu'elle tenait sous son bras et elle le redressa. Ce paquet contenait la nouvelle robe d'hiver de Mrs Spenlow, prête pour l'essayage. Un sac de soie noire suspendu au poignet gauche de la couturière recélait en ses flancs un centimètre-ruban, une pelote à épingles et une grande paire de ciseaux.

De bonne taille, plutôt maigre, miss Politt avait le nez pointu, la lèvre boudeuse, le cheveu poivre-et-sel. Elle hésita avant de recourir une troisième fois au heurtoir. Comme elle regardait machinalement dans la rue, elle vit approcher d'un pas rapide miss Hartnell, alerte quinquagénaire qui lui cria gaiement : « Bonjour, miss Politt! »

– Bonjour, miss Hartnell, répondit la couturière d'une voix beaucoup plus ténue et discrète, car elle avait débuté dans l'existence comme femme de chambre dans un milieu huppé. Excusez-moi, ajouta-t-elle aussitôt, mais sauriez-vous, par hasard, si Mrs Spenlow est sortie?

– Aucune idée!

– Je suis surprise... Je dois lui essayer sa nouvelle robe et elle m'avait donné rendez-vous à 3 heures et demie.

– Il est la demie à peine passée, fit remarquer miss Hartnell en consultant sa montre-bracelet.

– Oui. Cela fait trois fois que je frappe sans obtenir de réponse, alors je me demandais si Mrs Spenlow n'était pas sortie en oubliant notre rendez-vous. Mais c'est une dame extrêmement ponctuelle et elle voulait pouvoir mettre cette robe demain.

Entrant dans le jardinet, miss Hartnell rejoignit la couturière devant la porte du cottage.

– Gladys devrait quand même répondre... Ah! mais non, se reprit miss Hartnell, c'est jeudi, son jour de repos. Je pense que Mrs Spenlow s'est tout simplement assoupie... Vous n'avez pas dû frapper assez fort.

Empoignant le heurtoir, l'arrivante s'en servit de façon assourdissante et, en supplément, décocha un coup de pied dans la porte, tout en criant d'une voix de stentor :

– Y a quelqu'un?

Pas de réponse.

– Oh! je suppose que Mrs Spenlow a dû sortir et oublier que je venais, murmura miss Politt. Je repasserai plus tard, conclut-elle en amorçant une volte-face.

– Allons donc! dit miss Hartnell d'un ton ferme. Si elle était sortie, je l'aurais sûrement rencontrée. Je vais faire le tour de la maison pour voir par les fenêtres si quelqu'un donne signe de vie!

Elle rit comme à son habitude pour bien souligner qu'il s'agissait d'une plaisanterie. Puis elle s'en fut coller son front contre la plus proche fenêtre, par acquit de conscience car elle savait qu'on utilisait rarement la pièce de devant, Mr et Mrs Spenlow préférant se tenir dans le petit salon situé à l'arrière de la maison.

Mais miss Hartnell fut bien avisée de se montrer aussi consciencieuse, car si personne ne lui donna signe de vie, elle put voir Mrs Spenlow gisant sur le tapis, devant la cheminée.

– Bien entendu, dit miss Hartnell en racontant l'histoire par la suite, je n'ai pas perdu la tête pour autant. Cette pauvre Politt, elle, n'aurait vraiment su que faire. « Restez ici, lui ai-je dit, moi, je m'en vais chercher le constable Palk. » Elle protesta qu'elle ne voulait pas rester seule, mais je passai outre. Il faut se montrer ferme avec des gens comme elle, qui compliquent toujours les choses en faisant des tas d'embarras. J'allais donc m'éloigner quand Mr Spenlow est apparu au coin de la maison.

Là, miss Hartnell marqua un temps, pour permettre à son auditoire de s'enquérir d'une voix haletante :

– Et quel *air* avait-il?

– Franchement, j'ai tout de suite flairé quelque chose, reprit alors miss Hartnell. Il s'est montré beaucoup trop *calme*, n'a pas semblé surpris le moins du monde. Or, vous direz ce que vous voudrez, ça n'est pas normal que, en apprenant la mort de sa femme, un homme ne manifeste aucune surprise.

Et tout le monde d'en convenir.

Ce fut aussi l'avis de la police. Le détachement de Mr Spenlow leur parut tellement suspect que les enquêteurs s'inquiétèrent aussitôt des conséquences qu'avait pour ce mari la mort de son épouse. Quand ils apprirent que Mrs Spenlow détenait la fortune du couple et que tout l'argent allait à son mari aux termes d'un testament rédigé après leur mariage, leurs soupçons s'accrurent.

Miss Marple, cette vieille demoiselle au visage plein de douceur – mais à la langue acérée, disaient certains –, qui habitait la maison jouxtant le presbytère, fut une des premières qu'on alla interroger. Une demi-heure après la découverte du crime, le constable Palk lui disait, tout en feuilletant son calepin d'un air important :

– Si ça ne vous fait rien, mademoiselle, j'aurais quelques questions à vous poser.

– A propos du meurtre de Mrs Spenlow ?

Palk en resta tout ébaubi.

– Comment êtes-vous au courant ?

– A cause de mon poisson, répondit miss Marple.

Et, n'étant pas du pays pour rien, Palk comprit que le commis du poissonnier avait appris la nouvelle à miss Marple en lui livrant sa commande.

– Elle gisait par terre dans la pièce de devant, poursuivit doucement miss Marple, étranglée, peut-être à l'aide d'une ceinture très étroite. Mais quel qu'ait été l'instrument du crime, il avait disparu.

– Je me demande comment le jeune Frend s'arrange pour tout savoir..., commença le constable avec irritation.

Miss Marple le détourna adroitement de ce sujet en remarquant :

– Vous avez une épingle piquée dans votre veste.

Surpris, Palk abaissa son regard :

– Oui, quand j'en vois une, je la ramasse... Il

paraît que c'est comme ça qu'un grand banquier a commencé sa fortune.

– Je vous en souhaite autant. Et maintenant, que voulez-vous que je vous dise?

Le constable Palk s'éclaircit la gorge et consulta son carnet d'un air important :

– Déposition faite à moi-même par Mr Arthur Spenlow, mari de la défunte : « Mr Arthur Spenlow déclara que, à 14 h 30, environ, il a reçu un coup de téléphone de miss Marple, laquelle lui demandait s'il voulait bien venir la voir vers 3 heures un quart, car elle était très désireuse de le voir d'urgence. » Est-ce exact, mademoiselle?

– Certainement pas, dit miss Marple.

– Vous n'avez pas téléphoné à Mr Arthur Spenlow vers 14 heures 30?

– Ni à 14 h 30, ni à aucun autre moment.

– Ah! fit le constable en se mordillant la lèvre d'un air satisfait.

– Que vous a dit d'autre Mr Spenlow?

– Qu'il était venu ici comme vous le lui aviez demandé, étant pour cela parti de chez lui vers 3 h 10. A son arrivée ici, il s'était entendu déclarer par la bonne que « miss Marple n'était pas là ».

– Cette partie-là est exacte. Il est bien´venu ici, mais je me trouvais à une réunion du Cercle féminin.

– Ah! fit de nouveau le constable Palk.

– Dites-moi, constable... Suspectez-vous Mr Spenlow?

– A ce stade de l'enquête, il ne m'appartient pas de le dire. Mais mon sentiment est que quelqu'un a voulu jouer au plus fin.

– Mr Spenlow? s'enquit la vieille demoiselle d'un ton pensif.

Elle aimait bien Mr Spenlow, petit homme raide et compassé qui était l'image même de la respectabilité. Comme elle s'étonnait un jour que, ayant passé la majeure partie de sa vie dans les grandes villes, il fût venu s'enterrer à la campagne, Mr Spenlow lui avait confié : « Tout enfant déjà, je rêvais d'habiter à la campagne et d'y avoir un jardin à moi. J'ai toujours eu une passion pour les fleurs. Ma femme tenait une boutique de fleuriste, et c'est comme cela que j'ai fait sa connaissance. »

Déclaration qui avait aussitôt suscité l'image d'une Mrs Spenlow, plus jeune et plus jolie, tout environnée de fleurs.

En réalité, Mr Spenlow n'entendait rien aux fleurs. Il ignorait tout des graines, boutures, dépotages, des espèces vivaces ou à floraison annuelle. Il n'avait qu'une chose en tête : la vision d'un petit jardin plein de fleurs aux coloris éclatants et aux exquises senteurs. Aussi avait-il paru presque pathétique à miss Marple lorsqu'il lui avait demandé des conseils, notant dans un petit carnet les réponses à ses questions.

C'était un homme tranquille et méthodique. Ce fut peut-être à cause de cela que la police s'intéressa à lui lorsqu'on découvrit sa femme assassinée. En usant de patience et de persévérance, les enquêteurs apprirent sur la défunte Mrs Spenlow beaucoup de choses... que tout le village de St Mary Mead ne tarda pas à connaître aussi.

Feu Mrs Spenlow avait commencé l'apprentissage de la vie comme domestique dans une grande maison, où elle aidait la cuisinière et la femme de chambre. Elle avait quitté cet emploi pour épouser l'aide-jardinier, avec lequel elle avait ouvert une boutique de fleuriste à Londres. Ce commerce avait prospéré, à la différence de l'ancien aide-jardinier qui, tombé rapidement malade, était mort.

Sa veuve avait continué seule à tenir la boutique, qui n'avait cessé de prendre de l'extension, si bien que sa propriétaire avait pu la céder à un bon prix avant de convoler avec Mr Spenlow, un quinquagénaire qui tenait lui-même une petite bijouterie. Ayant vendu cette dernière peu après leur union, ils étaient venus s'installer à St Mary Mead.

Mrs Spenlow jouissait d'une large aisance. Elle avait investi le montant de la vente de son commerce « en se fiant à ce que lui conseillaient des esprits », ne manquait-elle jamais de préciser. Et les esprits s'étaient révélés particulièrement avisés en ce qui concernait les entreprises matérielles de notre monde.

Tous les placements effectués par la défunte avaient été fructueux, certains de façon assez sensationnelle, ce qui aurait dû ancrer fermement Mrs Spenlow dans le spiritisme. Au lieu de quoi, désertant médiums et tables tournantes, elle était devenue adepte d'une secte d'origine indienne prônant surtout différentes formes de respiration contrôlée. Mais lorsqu'elle était arrivée à St Mary Mead, Mrs Spenlow avait fréquenté le temple et le pasteur avec assiduité, apportant son concours aux ventes de charité, bridgeant avec les gens du cru, s'intéressant à tout ce qui concernait le village.

En un mot, une existence très banale... à laquelle un meurtre était venu soudain mettre un terme.

Le chef de la police locale, le colonel Melchett, avait convoqué l'inspecteur Slack au sujet de cette affaire.

Slack était un homme de bon sens, n'avançant

jamais rien dont il ne fût sûr. Or, il déclara sans hésiter à son supérieur :

– C'est le mari qui a fait le coup.

– Vous le pensez vraiment?

– Ça ne fait aucun doute : il suffit de le regarder. Il n'a jamais manifesté le moindre chagrin, ni l'ombre d'une émotion. Quand il est rentré chez lui, il savait que sa femme était morte.

– Dans ce cas, n'aurait-il pas au moins essayé de paraître bouleversé?

– Non, monsieur, pas lui. Il est de ces gens qui sont trop sûrs d'eux-mêmes pour chercher à donner le change.

– Y a-t-il une autre femme dans sa vie? s'enquit le colonel Melchett.

– Jusqu'à présent, nous n'avons rien découvert. Mais c'est un rusé, qui s'y entend à couvrir ses traces. D'après moi, il en avait tout simplement assez de sa femme, car elle ne devait pas être facile à vivre, d'après ce qu'on m'a dit. Or, c'est elle qui détenait l'argent. Conclusion : il a froidement décidé de la supprimer, afin de vivre ensuite tout à son aise.

– Oui... Je suppose que ce doit être ça...

– Vous pouvez m'en croire, monsieur. Il avait soigneusement dressé son plan. Il a prétendu avoir reçu un coup de téléphone...

– On n'en a relevé aucune trace?

– Non, monsieur. Alors, de deux chose l'une : ou il a menti, ou bien la communication émanait d'une cabine publique. Le village ne possède que deux cabines : l'une à la gare, l'autre au bureau de poste. Le bureau de poste est hors de question, car Mrs Blade voit tous ceux qui y entrent. A la gare, c'est différent : le train arrive à 14 h 27, causant

96

toujours une certaine effervescence. Mais Spenlow affirme que c'est miss Marple qui lui a téléphoné, ce qui est faux. Non seulement miss Marple se trouvait alors au Cercle féminin, mais il n'y a eu aucun appel émanant de chez elle.

— Vous n'omettez pas la possibilité que le mari ait été ainsi attiré à l'extérieur, par quelqu'un voulant assassiner Mrs Spenlow?

— Vous pensez au jeune Ted Gerard, monsieur? Je m'en suis occupé... Mais nous nous heurtons au manque de mobile. Ce meurtre ne pouvait rien apporter à Gerard.

— Mais c'est un personnage peu recommandable, qui a un détournement de fonds à son actif.

— Je ne dis pas que ce soit un petit saint. N'empêche qu'il est allé de lui-même avouer ce qu'il avait fait, alors que ses employeurs ne s'étaient aperçus de rien.

— Il fait partie du Groupe d'Oxford?

— Oui, monsieur. C'est après y avoir adhéré qu'il est rentré dans le droit chemin et s'est accusé du détournement de fonds. Remarquez bien, je ne dis pas que, se croyant suspect, il n'ait agi ainsi pour jouer la carte du repentir.

— Vous êtes un grand sceptique, Slack. Au fait, avez-vous eu un entretien avec miss Marple?

— Qu'a-t-elle à voir là-dedans, monsieur?

— Oh! rien. Mais c'est quelqu'un qui a vent de beaucoup de choses. Pourquoi n'iriez-vous pas bavarder un moment avec elle? C'est une vieille dame très avisée.

Slack changea de sujet.

— Il y a un point que je voudrais tirer au clair, monsieur... La défunte avait débuté comme domestique chez sir Robert Abercrombie. Or, un vol de bijoux a été perpétré au château... des émeraudes de très grande valeur qui n'ont jamais été retrouvées. J'ai recherché le dossier et j'ai constaté que le vol a dû avoir lieu lorsque la défunte travaillait chez sir Robert. A l'époque, elle était toute jeune, mais ne pensez-vous pas qu'elle aurait pu être dans le coup ? Spenlow était un petit bijoutier de quatre sous... exactement le genre d'homme à se charger d'écouler des bijoux volés.

Melchett secoua la tête :

– Non, je ne le pense vraiment pas. Lors du vol, la défunte ne connaissait pas encore Spenlow. Je me souviens de l'affaire et le sentiment prévalant alors parmi les enquêteurs, était qu'un des fils de la maison, Jim Abercrombie, ne devait pas être étranger à l'affaire. Il était criblé de dettes, qui ont été payées juste après le vol... par une femme richissime, dit-on. Mais j'ai mes doutes, car le vieil Abercrombie a voulu arrêter l'enquête en retirant sa plainte.

– Oh ! c'était juste une idée qui m'était venue, monsieur..., dit Slack.

Miss Marple reçut l'inspecteur Slack avec plaisir, et encore plus quand elle sut qu'il lui était envoyé par le colonel Melchett.

– C'est vraiment très aimable à lui... Je n'imaginais pas qu'il se souvenait de moi.

– Oh ! que si ! Il m'a dit que ce que vous ignoriez concernant St Mary Mead ne valait pas d'être connu.

– Il me flatte... Mais je ne sais vraiment rien... J'entends : au sujet de cette affaire.

– Vous savez sûrement les bruits qui courent à ce propos ?

– Pour ça, oui. Mais vaut-il la peine de vous rapporter des commérages?

S'efforçant à la cordialité, Slack déclara :

– Cet entretien n'a rien d'officiel. Vous me parlez en confidence, pour ainsi dire.

– Vous voulez vraiment savoir ce que les gens racontent? Que ce soit exact ou non?

– Ma foi, oui.

– Evidemment, cette affaire a fait beaucoup parler, mais on peut distinguer deux camps opposés. D'abord, il y a ceux qui tiennent le mari pour coupable. Le mari ou la femme, c'est toujours la première personne qu'il est naturel de suspecter, n'est-ce pas?

– Peut-être, dit l'inspecteur avec circonspection.

– Ils sont à pied d'œuvre, vous comprenez, et puis fréquemment, il y a la question d'argent. J'ai entendu dire que la fortune appartenait à Mrs Spenlow et sa mort profite donc au mari. Dans le vilain monde où nous vivons, j'ai bien peur que les hypothèses les moins charitables trouvent souvent leur justification.

– Le mari hérite d'un joli magot, en effet.

– Donc, il paraît très plausible à beaucoup de gens qu'il ait agi ainsi : il étrangle sa femme, sort de chez lui par derrière pour se rendre ici à travers champs, afin de raconter que je lui avais téléphoné de venir, et puis rebrousse chemin pour découvrir que sa femme a été assassinée entre-temps... Le tout avec l'espoir que le crime soit attribué à quelque vagabond ou cambrioleur.

L'inspecteur hocha la tête :

– Evidemment, avec l'argent pour mobile... et pour peu qu'ils n'aient pas été en bons termes ces derniers temps...

Là, miss Marple l'interrompit :

– Oh! pour ça, si!

– Vous êtes en mesure de l'affirmer?

– Voyons : s'ils s'étaient disputés, tout le monde l'aurait su! La bonne, Gladys Brent, serait allée le raconter partout dans le village!

– Peut-être n'était-elle pas au courant..., risqua l'inspecteur – ce qui lui valut en retour un sourire d'aimable commisération.

– Et puis il y a l'autre camp, enchaîna miss Marple. Celui des gens qui penchent pour Ted Gerard. Ce dernier est un jeune et beau garçon... Or, vous n'ignorez pas que l'on se laisse facilement influencer par le physique. Tenez, notre avant-dernier vicaire... Il a eu un effet quasi miraculeux! Toutes les filles allaient au temple... même pour les vêpres. Et bien des dames plus âgées s'étaient mises à témoigner d'un zèle inhabituel aux services des œuvres paroissiales... Quant aux écharpes qu'on pouvait lui tricoter! Ce pauvre jeune homme a sûrement été bien aise de se voir nommer ailleurs... Mais où en étais-je? Ah! oui, nous parlions de Ted Gerard. Certes, il allait souvent voir Mrs Spenlow et cela faisait jaser, mais elle m'avait dit elle-même qu'il était membre du Groupe d'Oxford, une association religieuse des plus sérieuses dont il lui parlait beaucoup.

Miss Marple soupira et reprit :

– Je ne vois pas qu'il y ait lieu de penser autre chose, mais vous savez comment sont les gens. Il y a ici nombre de personnes convaincues que Mrs Spenlow était amoureuse de ce garçon et lui prêtait pas mal d'argent. Par ailleurs, il est exact que Gerard a été vu à la gare le jour du crime... dans le train de 14 h 27. Mais, bien sûr, il lui était facile de descendre à contre-voie et de s'en aller à travers champs après avoir escaladé la barrière, sans que personne ne le voie se rendre au cottage. Et, bien entendu, les gens ne manquent pas de souligner que la défunte était drôlement vêtue.

– Drôlement vêtue?

– Oui, elle n'était pas en robe, mais en kimono. Détail qui paraît extrêmement suggestif aux yeux de certains.

– A vous-même, cela semble-t-il suggestif?

– Oh! Seigneur, non. Je trouve cela parfaitement normal.

– *Normal*?

– Vu les circonstances, oui, confirma miss Marple d'un ton posé.

– Mais cela pourrait fournir un autre mobile au mari : la jalousie.

– Oh! non. Mr Spenlow n'aurait pas été jaloux, pour la raison qu'il ne remarque jamais rien. Pour qu'il croie à la possibilité d'une telle chose, il lui aurait fallu trouver un mot d'adieu laissé par sa femme après qu'elle aurait eu filé avec un amant.

L'inspecteur Slack était déconcerté par la façon dont la vieille demoiselle gardait son regard rivé sur lui. Il avait le vague sentiment que ce que lui racontait miss Marple tendait à le mettre sur une voie, mais il n'arrivait pas à comprendre vers quoi elle l'aiguillait.

– Sur les lieux, inspecteur, s'enquit-elle avec une sorte d'emphase, n'avez-vous trouvé aucun indice?

– De nos jours, miss Marple, les assassins ne laissent plus d'empreintes digitales ni de cendres de cigarette.

– Mais il me semble que c'est là un crime plutôt d'autrefois...

– Qu'entendez-vous par là? lui demanda vivement Slack.

– Je pense que le constable Palk pourrait vous être utile. Il a été le premier à se trouver sur... sur « la scène du crime », comme on dit.

Assis dans un transat, Mr Spenlow paraissait totalement décontenancé.

– Peut-être est-ce l'effet de mon imagination, dit-il d'une voix ténue, car je deviens un peu dur d'oreille, mais j'ai le sentiment très net d'avoir entendu un gamin crier sur mon passage : « V'la le Landru qui passe! » Il semblait donc penser que je.. que j'ai tué ma chère femme!

– C'est sans aucun doute ce qu'il voulait vous faire comprendre, déclara miss Marple.

– Mais qu'est-ce qui a pu donner une telle idée à un enfant?

– Il l'aura entendu dire autour de lui.

– Vous... vous pensez que d'autres personnes ont aussi le sentiment que...?

– La moitié de St Mary Mead environ.

– Mais comment est-ce possible? J'étais sincèrement attaché à ma femme. Certes, elle ne se plaisait pas autant à la campagne que je l'avais espéré, mais il est rare que mari et femme aient absolument les mêmes goûts... Je vous assure que je ressens cruellement sa disparition.

– C'est probable mais, si vous voulez bien m'excuser de vous le dire, vous n'en donnez pas l'impression.

Mr Splenlow redressa sa maigre carrure :

– Chère madame, voici bien des années j'ai lu que, lorsque mourut sa femme qu'il aimait tendrement, un philosophe chinois continua comme à son ordinaire de frapper un gong dans la rue – un passe-temps chinois, je suppose! – et que ses conci- toyens admirèrent beaucoup une telle force d'âme.

– Oui, mais les habitants de St Mary Mead ne sont pas portés sur la philosophie chinoise et réa- gissent de façon assez différente.

– Mais *vous*, vous me comprenez?

Miss Marple acquiesça en disant :

– Mon oncle Henry était un homme doté d'une extraordinaire maîtrise de soi et qui se plaisait à répéter : « Il ne faut jamais se montrer émotif. » Lui aussi aimait beaucoup les fleurs.

Ce détail parut revigorer un peu Mr Spenlow qui dit soudain :

– Je pensais que, peut-être, je pourrais avoir une pergola du côté ouest de la maison. Des roses et des glycines... Il y a aussi une fleur blanche étoilée, dont le nom m'échappe pour l'instant...

Du ton qu'elle eût adopté pour parler à son petit-neveu âgé de trois ans, miss Marple dit :

– J'ai un très joli catalogue avec des photos... Voulez-vous le consulter pendant que je me rends jusqu'au village où j'ai à faire?

Laissant dans le jardin Mr Spenlow tout heureux avec le catalogue, miss Marple gagna sa chambre, y prit en hâte une robe qu'elle enveloppa dans du papier marron et, quittant la maison, s'en fut d'un pas rapide vers le bureau de poste, au-dessus duquel habitait miss Politt, la couturière.

Mais la vieille demoiselle ne monta pas immédia- tement à l'étage. Il était 2 h 20 et, avec une minute de retard, le bus de Much Benham s'arrêtait devant la poste. A St Mary Mead, c'était là un des événe- ments de la journée. La postière se précipita avec des paquets, paquets qui relevaient de son activité parallèle – car dans la partie de sa boutique ne constituant pas le bureau de poste, elle vendait bonbons, jouets et livres de poche.

Quatre minutes durant, miss Marple se trouva ainsi seule à l'intérieur de la boutique.

Ce fut seulement au retour de la postière que la vieille demoiselle prit l'escalier pour aller expliquer à miss Politt qu'elle aimerait lui voir transformer sa robe de crêpe Georgette afin qu'elle soit, si possible, un peu plus à la mode. Miss Politt promit de voir ce qu'elle pouvait faire.

Le commissaire fut assez surpris quand on lui annonça miss Marple. Dès l'entrée, elle se confondit en excuses :

– Je suis vraiment désolée de vous déranger, car je vous sais très occupé... Mais vous avez toujours été tellement gentil avec moi, colonel Melchett, que j'ai préféré venir vous trouver plutôt que de m'adresser à l'inspecteur Slack. Et surtout parce que je ne voudrais pas que le constable Palk puisse avoir des ennuis... A strictement parler, je suppose qu'il n'aurait dû toucher à rien...

Quelque peu ahuri, le colonel Melchett s'enquit :

– Palk? C'est le constable de St Mary Mead, n'est-ce pas? Qu'a-t-il donc fait?

– Il a ramassé une épingle, à cause de l'histoire que l'on raconte à propos de la fortune du banquier Laffitte, et il l'a piquée dans sa veste. En la voyant, l'idée m'est venue sur l'instant qu'il avait probablement dû la ramasser chez Mrs Spenlow.

– Oui, mais qu'est-ce qu'une épingle, miss Marple! Je peux même vous préciser qu'il l'a ramassée près du corps de Mrs Spenlow. Il est venu hier raconter la chose à Slack... parce que vous l'y aviez incité, je suppose? Bien sûr, il n'aurait dû toucher à rien mais, comme je vous le disais, qu'est-ce qu'une épingle, après tout? Il s'agissait d'une épingle très ordinaire, comme n'importe quelle femme peut en utiliser...

– Oh! non, colonel Melchett. Là, vous êtes dans l'erreur. Aux yeux d'un homme, peut-être pouvait-elle avoir l'air d'une épingle ordinaire, mais ça n'en était pas une. Il s'agissait d'une épingle spéciale, très fine, comme on n'en vend que par boîte entière et qui sont surtout utilisées par les gens travaillant dans la couture.

Melchett la regarda fixement, tandis que son visage exprimait soudain la compréhension. Miss Marple hocha plusieurs fois la tête, afin de lui confirmer qu'il était sur la bonne voie.

– Pour moi, bien sûr, cela m'a tout de suite paru évident. Mrs Spenlow était en kimono, parce qu'elle allait essayer sa nouvelle robe. Elles sont allées pour cela dans la pièce de devant et, tout en parlant de mesures à vérifier, miss Politt lui a passé son centimètre autour du cou. Après quoi, elle n'a plus eu qu'à croiser les bouts et tirer... Rien de plus facile, à ce que j'ai entendu dire. Ensuite, bien sûr, elle est sortie de la maison en refermant la porte... contre laquelle elle s'est mise à jouer du heurtoir comme si elle venait d'arriver. Mais l'épingle montre qu'elle était *déjà entrée dans la maison.*

– Et c'est miss Politt qui avait téléphoné à Spenlow?

– Oui, du bureau de poste, à 2 heures et demie... au moment où le bus arrive et où la postière n'est pas là.

– Mais pourquoi, chère miss Marple? dit le colonel Melchett. Pour quelle raison, au nom du ciel? Il n'y a pas de meurtre sans mobile!

– Eh bien, d'après ce que j'ai entendu raconter, je pense que ce mobile-ci doit dater de longtemps... Ça me fait d'ailleurs penser à mes deux cousins, Anthony et Gordon. Dans la vie, tout ce que Anthony a entrepris a toujours bien tourné, et, pour le pauvre Gordon, c'est exactement le contraire : s'il jouait aux courses, le favori faisait une chute, à la Bourse ses actions dégringolaient et s'il avait une propriété, la modification de l'environnement la dépréciait. Pour moi, les deux femmes l'ont commis ensemble.

– Quoi donc?

– Le cambriolage. Cela date de longtemps, comme je vous le disais... Des émeraudes de très grande valeur... La femme de chambre et la jeune bonne à tout faire. Parce qu'un détail restait inexpliqué : comment, lorsque la petite bonne a épousé l'aide-jardinier, ont-ils eu assez d'argent pour acheter une boutique de fleuriste à Londres?

Miss Marple hocha la tête et poursuivit :

– Réponse : grâce à son... son *magot*, c'est le mot exact, je crois. Et tout ce qu'elle a entrepris lui a réussi. L'argent a engendré l'argent. Mais l'autre, la femme de chambre, n'a pas dû avoir cette chance. Elle s'est retrouvée couturière dans un village. Sur ces entrefaites, elles se sont revues. Au début, tout a été bien, je crois. Jusqu'à ce que Mr Ted Gerard entre en scène.

» Voyez-vous, colonel Melchett, Mrs Spenlow avait sa conscience qui la tourmentait et l'inclinait à manifester une certaine émotivité sur le plan religieux. Le jeune homme a dû, sans aucun doute, la pousser à tout avouer et j'ai le sentiment qu'elle devait y être décidée. Mais miss Politt ne l'entendait pas de cette oreille. Tout ce qu'elle voyait, en l'occurrence, c'est qu'elle risquait d'aller en prison pour ce vol commis tant d'années auparavant. Alors elle résolut d'y mettre le holà! J'ai bien peur qu'elle n'ait toujours été une mauvaise femme, et je crois que ça ne lui aurait fait ni chaud ni froid si ce brave benêt de Spenlow avait été pendu.

– Nous pouvons... euh... vérifier votre hypothèse dans une certaine mesure, énonça lentement le colonel Melchett. En recherchant si cette Politt et la femme de chambre qui était au service des Abercrombie ne font qu'une seule et même personne. Mais cela ne suffira pas...

– Oh! ce sera très facile, lui affirma miss Marple. Miss Politt est le genre de femme à s'effondrer quand on l'accusera. Et puis, j'ai son centimètre. Je l'ai... subtilisé hier pendant que la couturière cherchait comment « transformer » une robe que je lui avais apportée. Lorsqu'elle s'apercevra de sa disparition et pensera que je l'ai remis à la police... C'est une femme sans instruction, alors elle croira qu'on peut utiliser ce centimètre pour prouver sa culpabilité!

Miss Marple eut un sourire d'encouragement à l'adresse du policier.

– Je vous garantis que « ça ne fera pas un pli. »

Le ton de la vieille demoiselle rappela au colonel celui qu'avait eu une de ses tantes autrefois pour lui assurer qu'il ne pouvait échouer à son examen d'entrée au Collège militaire de Sandhurst.

Et elle avait vu juste.

UNE PERLE
(*The case of the perfect maid*)

– Oh! s'il vous plaît, mademoiselle, pourrais-je vous parler un instant?

Question superflue puisque c'était justement ce que faisait Edna, la petite bonne de miss Marple; aussi la vieille demoiselle dit-elle aussitôt :

– Bien sûr, Edna. Entrez et fermez la porte. De quoi s'agit-il?

Après avoir refermé la porte, Edna s'avança dans la pièce en tortillant un coin de son tablier entre ses doigts et déglutit à deux ou trois reprises sans prononcer une parole.

– Eh bien, mon petit? l'encouragea miss Marple.

– Mademoiselle, c'est ma cousine... Gladdie.

– Mon Dieu! fit miss Marple, pensant immédiatement à ce qui peut arriver de pire à une jeune fille. Elle n'est pas...?

Edna s'empressa de la rassurer :

– Oh! non, mademoiselle, c'est rien de pareil! Gladdie n'est pas ce genre de fille... Mais elle est toute bouleversée... Vous comprenez : elle a perdu sa place.

– La pauvre enfant... Je suis navrée d'apprendre

ça... Elle était au Vieux Hall, n'est-ce pas? Chez miss... chez les demoiselles Skinner?

– Oui, c'est bien ça, mademoiselle. Et Gladdie en est dans le trente-sixième dessous...

– Pourtant il lui est déjà souvent arrivé de changer de place, je crois?

– Oui, c'est vrai, mademoiselle... Gladdie aime bien le changement... C'est comme si elle n'arrivait jamais à s'installer, si vous voyez ce que je veux dire. Seulement c'était toujours elle qui donnait ses huit jours.

– Tandis que cette fois-ci, c'est le contraire? s'enquit miss Marple.

– Oui, mademoiselle... Alors, bien sûr, ça la bouleverse.

La nouvelle surprenait quelque peu miss Marple. Elle avait eu l'occasion de voir Gladys lorsque, profitant de son jour de repos, la jeune bonne venait prendre une tasse de thé à la cuisine avec Edna. C'était une robuste fille au rire facile, et que rien ne semblait devoir perturber.

– Vous comprenez, mademoiselle, continua Edna, c'est la façon dont ça s'est passé... L'air qu'a eu miss Skinner...

– Et comment cela s'est-il donc passé? s'enquit patiemment miss Marple.

Cette fois, Edna cessa de s'interrompre à tout bout de champ.

– Eh bien, mademoiselle, y a une broche de miss Emily qui avait disparu. Alors, ça a fait toute une histoire car, bien sûr, personne n'aime que des choses comme ça arrivent... Ça bouleverse, mademoiselle, si vous voyez ce que je veux dire... Gladdie a aidé à chercher la broche partout, tandis que miss Lavinia n'arrêtait pas de répéter qu'elle allait prévenir la police. Finalement, on a retrouvé la broche au fond d'un tiroir de la coiffeuse... Quel soulagement pour Gladdie!

» Mais le lendemain, juste parce qu'elle venait de casser une assiette, miss Lavinia lui a foncé dessus en disant qu'elle lui donnait ses huit jours. Gladdie a compris que ça ne pouvait pas être à cause de l'assiette, que miss Lavinia avait simplement saisi ce prétexte, parce que ces dames pensaient qu'elle avait volé la broche mais s'était empressée de la remettre au fond du tiroir quand elle avait entendu parler de prévenir la police. Gladdie n'est pas une voleuse, vous pouvez me croire, mademoiselle... Alors, à l'idée de ce qu'on va raconter derrière son dos, elle en est malade, la pauvre!

Miss Marple hocha lentement la tête. Bien que n'éprouvant pas autrement de sympathie pour Gladys, si brusque dans ses mouvements et s'entêtant volontiers contre toute évidence, elle n'avait aucune peine à comprendre que la domestique fût bouleversée par une affaire de ce genre.

– Je suppose qu'il n'y a rien que vous puissiez faire, mademoiselle? dit Edna avec un vague espoir dans son ton attristé. Gladdie est dans un tel état!

– Dites-lui de se ressaisir, conseilla miss Marple avec un rien de sécheresse. Si elle n'avait pas pris cette broche – ce dont je suis convaincue –, elle n'a aucune raison d'être pareillement bouleversée.

– C'est que ça va se savoir..., insista Edna tristement.

– Je dois aller justement de ce côté tantôt, dit alors miss Marple. Je parlerai aux demoiselles Skinner.

– Oh! merci, mademoiselle, merci beaucoup!

110

Le Vieux Hall était une immense demeure victorienne s'élevant au milieu d'un parc prolongé par
des bois. Comme il était impossible de trouver à la
vendre ou la louer, un spéculateur entreprenant
l'avait partagée en quatre appartements après y
avoir fait installer le chauffage central, le parc
restant indivis et à la disposition des locataires.
Cette transformation fut des plus heureuses. Une
vieille dame aussi riche qu'excentrique occupait
l'un des appartements en compagnie de sa bonne.
Comme elle avait la passion des oiseaux, la gent
ailée se donnait rendez-vous sous ses fenêtres pour
s'y disputer des graines. Un juge indien retraité et
sa femme avaient jeté leur dévolu sur un autre
appartement, tandis qu'un couple de jeunes mariés
s'installaient dans un troisième. Quant au quatrième et dernier, cela faisait deux mois à peine
qu'il avait été loué par deux vieilles demoiselles
nommées Skinner. Les locataires des quatre appartements se fréquentaient peu, vu qu'ils n'avaient
vraiment pas grand-chose de commun, ce dont la
propriétaire se réjouissait ouvertement car il redou-
tait les relations de ce genre qui souvent tournent à
l'aigre pour finir en plaintes et récriminations de
toute sorte.

Miss Marple était en rapport avec tous les locataires, mais sans plus. L'aînée des demoiselles Skinner, miss Lavinia, était la seule qui fût active car
miss Emily, la cadette, passait le plus clair de son
temps au lit en se plaignant de différents maux que
les gens du village étaient enclins à croire exagérés,
voire imaginaires. Miss Lavinia, elle, tenait sa sœur
pour une martyre témoignant d'un admirable stoï-
cisme; aussi était-ce avec empressement qu'elle s'en

allait par le village acheter ceci ou cela « dont ma
sœur m'a dit avoir une soudaine envie ».

St Mary Mead estimait que si miss Emily avait
souffert seulement moitié autant qu'elle le disait,
elle aurait depuis longtemps fait appel au Dr Haydock. Mais quand on se risquait à une allusion dans
ce sens, miss Emily fermait les yeux en murmurant
que son cas n'était pas simple et que les meilleurs
spécialistes de Londres y avaient perdu leur latin.
Toutefois, on lui avait indiqué un praticien qui
soignait de façon toute nouvelle et elle avait bon
espoir d'aller enfin mieux grâce à ce nouveau
traitement. Un généraliste de village n'était vraiment pas en mesure de pouvoir quelque chose pour
elle.

– Et mon opinion, disait miss Hartnell – qui la
donnait sans qu'on eût besoin de l'en prier –, c'est
qu'elle a bien raison de ne pas faire venir ce cher
Dr Haydock, car il lui prescrirait carrément de se
lever et de ne plus passer son temps à s'écouter
comme elle le fait! Elle irait tout de suite beaucoup
mieux, je vous en fiche mon billet!

Mais, faute d'avoir l'occasion de se voir ainsi
admonester, miss Emily continuait à passer sa vie
de lit en chaise-longue, au milieu d'un tas de
médicaments, refusant presque toujours de goûter à
ce qui avait été cuisiné pour elle et réclamant en
échange quelque friandise qu'il était souvent très
difficile de se procurer à St Mary Mead.

La porte fut ouverte à miss Marple par « Gladdie », que la vieille demoiselle trouva plus déprimée qu'elle ne l'aurait cru possible. Dans le salon,
miss Lavinia se leva pour accueillir sa visiteuse.
Quinquagénaire grande et osseuse, Lavinia Skinner

avait une grosse voix ainsi que des façons empreintes de brusquerie.

– Quel plaisir de vous voir! Emily se repose; elle ne se sent pas dans son assiette aujourd'hui, la pauvre. J'espère qu'elle pourra quand même vous recevoir quelques instants tout à l'heure, car cela lui fera sûrement du bien. Mais il y a des jours où elle n'est absolument pas en état de voir qui que ce soit... Ma sœur témoigne vraiment d'autant de patience que de résignation!

Miss Marple acquiesça poliment. Comme le problème des domestiques était un des grands thèmes de conversation à St Mary Mead, la vieille demoiselle n'eut aucun mal à orienter l'entretien vers ce sujet et déclara avoir entendu dire que Gladys Holmes, cette excellente fille, allait quitter le service de ces demoiselles...?

– Oui, mercredi prochain, confirma miss Lavinia. Vous n'avez pas idée de ce qu'elle peut casser. Ce n'est pas supportable.

Miss Marple émit un soupir expressif en disant que, de nos jours, tout le monde était amené à composer, tant il était difficile de trouver des filles acceptant de venir travailler à la campagne. Miss Skinner croyait-elle que ce fût bien prudent de se séparer de Gladys?

– Oui, je sais combien on a du mal à se faire servir, reconnut miss Lavinia. Ainsi, les Devereux n'ont personne... Encore que là, ça ne m'étonne pas : ils sont tout le temps à se disputer, mangent à n'importe quelle heure et passent des disques en plein milieu de la nuit! Cette petite jeune femme n'a rien d'une maîtresse de maison, et je plains son mari! Les Larkin viennent également de perdre leur bonne... Mais là aussi je n'en suis pas autrement surprise : il leur faut une cuisine exotique et Mrs Larkin est toujours à récriminer sur tout. En revanche, je suis sûre que rien n'incitera Janet à partir : c'est la bonne de Mrs Carmichael et elle mène la vieille dame par le bout du nez!

– Alors vous ne pensez pas devoir reconsidérer votre décision en ce qui concerne Gladys? C'est une brave fille, dont je connais toute la famille : des gens travailleurs et d'une grande probité.

Miss Lavinia secoua la tête :

– J'ai mes raisons, assura-t-elle d'un air important.

– A ce que j'ai compris, vous aviez égaré une broche...

– Qui est-ce qui est allé faire des racontars? s'exclama miss Lavinia. Cette fille, je suppose? Pour ne vous rien cacher, je suis presque certaine qu'elle l'avait prise, puis elle a eu peur et s'est empressée de la remettre en place... Mais, bien entendu, on ne peut rien affirmer sans preuve.

Puis, changeant de sujet :

– Venez avec moi voir Emily, miss Marple, je suis sûre que cela lui fera le plus grand bien.

Miss Marple la suivit docilement jusqu'à une porte, à laquelle miss Lavinia frappa. La réaction ayant été favorable, miss Marple fut introduite dans ce qui était sans nul doute la plus belle pièce de l'appartement mais où des stores à demi baissés faisaient régner la pénombre. Miss Emily était couchée et, dans cette pénombre, elle se révélait aussi maigre que sa sœur. Son abondante chevelure grise était maladroitement coiffée – d'une façon qui n'allait pas sans évoquer un nid mais un nid dont aucun oiseau n'eût été fier. Il flottait par la pièce une odeur d'eau de Cologne, de biscuits rassis et de camphre.

Les yeux mi-clos, d'une voix ténue, Emily expliqua qu'elle se sentait vraiment patraque.

– Ce qu'il y a de plus pénible quand on est en mauvaise santé, poursuivit-elle d'un ton mélancolique, c'est de se savoir un fardeau pour ceux qui vous entourent. Lavinia est vraiment d'une infinie bonté avec moi... Lavvie chérie, je m'en veux de te déranger encore, mais c'est ma bouillotte... Si on la remplit, elle m'écrase... Mais si elle ne contient pas assez d'eau, elle se refroidit presque tout de suite...

– Je suis désolée, ma chérie. Donne-la-moi, je vais la vider un peu...

– Alors, tant que tu y es, le mieux serait encore de la regarnir... Nous n'avons pas de biscottes, je suppose? Non, non, c'est sans importance, je peux très bien m'en passer. Un thé léger avec une rondelle de citron... Il n'y a pas de citrons? Là, sincèrement, il m'est impossible d'avaler du thé sans citron... Je crois que le lait de ce matin était légèrement tourné, alors ça m'a dégoûtée de mettre du lait dans mon thé... Mais ça ne fait rien, je t'assure, je peux me passer de mon thé... C'est seulement que je me sens si faible... On dit que les huîtres sont très nourrissantes... Je crois que j'en mangerais volontiers quelques-unes... Mais non, il doit être trop difficile d'en trouver à cette heure-ci... Ce n'est pas grave : je peux jeûner jusqu'à demain.

Lavinia quitta la chambre en parlant de prendre sa bicyclette et d'aller voir... Miss Emily esquissa un pâle sourire à l'adresse de sa visiteuse, en disant combien il lui en coûtait de causer du dérangement.

En rentrant chez elle, miss Marple dut avouer à Edna avoir grand peur que sa démarche ait été vaine. Elle avait été très troublée de constater que des rumeurs concernant la malhonnêteté de Gladys circulaient déjà dans le village. A la poste, miss Wetherby l'avait d'emblée entreprise sur ce sujet.

— Ma chère Jane, elles lui ont donné une lettre de référence disant qu'elle était travailleuse, sobre et savait se tenir, mais le mot « honnête » n'est pas mentionné, ce qui me paraît on ne peut plus significatif! J'ai entendu raconter quelque chose à propos d'une broche... Et, de nos jours, on ne se sépare pas d'une bonne sans raison grave. Elles vont avoir beaucoup de mal à dénicher une remplaçante. Les filles n'aiment pas aller au Vieux Hall, qui est trop à l'écart de tout. Vous verrez qu'elles ne trouveront personne... Ça décidera peut-être la malade imaginaire à quitter son lit pour mettre un peu la main à la pâte!

Aussi le village fut-il bien déçu quand on sut que les demoiselles Skinner avaient engagé, par l'intermédiaire d'une agence, une nouvelle bonne qui se révélait être une véritable « perle ».

— Elle a servi trois ans chez ses précédents patrons, qui la recommandent chaleureusement. Elle les quitte parce qu'elle préfère la campagne à la ville, et elle nous demande des gages moins élevés que ceux de Gladys. J'estime que nous avons vraiment beaucoup de chance.

— Ma foi, ça paraît presque trop beau pour être vrai, dit miss Marple lorsqu'elle apprit tout cela chez le poissonnier, de la bouche même de miss Lavinia.

L'opinion prévalut à St Mary Mead que la « perle » se dédirait à la dernière minute et qu'on ne la verrait jamais. Mais, contrairement à ces pronostics, la « perle » tint parole et l'on put voir Mary Higgins – c'était son nom – traverser le village en taxi pour se rendre au Vieux Hall. Tout le monde fut d'accord qu'elle était très correctement habillée et faisait « comme il faut ».

Quand miss Marple se rendit de nouveau au Vieux Hall en prévision de la kermesse paroissiale, Mary Higgins lui ouvrit la porte. L'impression fut excellente : la quarantaine environ, des cheveux bruns coiffés avec soin, des joues roses, une silhouette potelée discrètement vêtue de noir avec tablier et bonnet blanc. « Tout à fait la domestique qu'on trouvait naguère dans les bonnes maisons », devait déclarer ensuite miss Marple. « Et elle s'exprime avec déférence, sans élever la voix comme le faisait Gladys, laquelle avait en outre un accent épouvantable. »

Du coup, miss Lavinia paraissait beaucoup moins harassée que d'ordinaire et elle alla même jusqu'à dire qu'elle eût aimé tenir un stand à la kermesse, mais préférait ne pas rester trop longtemps éloignée de sa sœur. Elle compensa sa défection en donnant un chèque substantiel à miss Marple et en lui promettant de tricoter des articles de layette pour cette grande occasion.

Miss Marple l'ayant complimentée sur sa bonne mine, miss Lavinia lui dit :

– J'en suis redevable à Mary. Chaque jour, je me félicite d'avoir pris la décision de me débarrasser de Gladys. Mary est vraiment une « perle ». Elle fait très bien la cuisine et entretient à merveille notre petit appartement, matelas retournés tous les jours! En outre, elle est absolument sensationnelle avec Emily.

Miss Marple s'empressa de demander des nouvelles de cette dernière.

– Oh! la pauvre, elle n'est pas bien brillante en ce moment. Elle ne le fait pas exprès, bien sûr, mais elle ne facilite pas les choses, Dieu sait! Elle demande qu'on lui prépare certains plats. Mais, quand on les lui sert, déclare ne pas se sentir en appétit, préférer qu'on les lui rapporte plus tard. Réchauffés, bien sûr, les plats ne sont plus aussi bons et il faut alors tout recommencer. Naturellement, cela occasionne un surcroît de travail dont on se passerait bien mais, par chance, Mary ne s'en formalise pas. Elle m'a dit avoir été habituée à servir des malades et les comprendre. Je ne vous cache pas que cela m'est un grand réconfort.

– Je m'en doute! dit miss Marple. Vous avez vraiment beaucoup de chance.

– Oui, c'est vrai. J'ai le sentiment que c'est le Ciel qui nous a envoyé Mary.

– Cela me paraît même trop beau pour être vrai, déclara de nouveau miss Marple. Vous devriez... Enfin, si j'étais à votre place, je crois que je ferais un peu plus attention...

Se méprenant sur le sens de la remarque, miss Lavinia se hâta de dire :

– Oh! je vous assure que je fais tout mon possible pour qu'elle se sente bien ici. Je ne sais vraiment pas ce que je deviendrais si elle nous quittait!

– Je ne crois pas qu'elle vous quitte avant que le moment soit venu de le faire, lui rétorqua miss Marple en la regardant bien en face.

– C'est un tel soulagement de n'avoir pas de problème avec les domestiques, continua l'autre d'un ton expressif. Et votre petite Edna, ça va?

– Elle s'en tire très gentiment. Rien à voir avec

votre Mary, bien sûr. Mais Edna est du village et je sais tout d'elle.

Comme elle gagnait le couloir, la vieille demoiselle entendit Emily élever la voix avec irritation :

– Cette compresse est complètement sèche! Le Dr Allerton a pourtant bien recommandé qu'on la maintienne humide... Non, non, laissez-la... Allez plutôt me préparer une tasse de thé... et puis un œuf à la coque... Mais trois minutes et demie, hein! Demandez aussi à miss Lavinia de venir me voir.

La « perle » sortit de la chambre et dit à Lavinia :

– Miss Emily vous demande, mademoiselle.

Après quoi, elle aida miss Marple à mettre son manteau, lui tendit son parapluie et lui ouvrit la porte dans un style absolument irréprochable.

Voulant prendre son parapluie, miss Marple le lâcha et, en tentant de le rattraper, fit tomber son sac qui s'ouvrit en répandant son contenu par terre. Mary s'empressa de ramasser les objets épars : un mouchoir, un petit agenda, un porte-monnaie et un gros berlingot rayé de vert, à propos duquel miss Marple manifesta quelque confusion :

– Oh! mon Dieu... Ce doit être le petit garçon de Mrs Clement. Je me rappelle qu'il en avait un à la main quand il s'est mis à jouer avec mon sac... Ce doit être poisseux... Quel garnement!

– Dois-je le ramasser aussi, madame?

– Oui, comme cela je m'en vais pouvoir le gronder... Merci beaucoup! Oh! et mon petit miroir... Heureusement qu'il ne s'est pas brisé! s'exclama miss Marple avec ferveur. Merci infiniment!

Le visage totalement dénué d'expression, Mary lui ouvrit la porte de la rue.

Pendant dix jours encore, St Mary Mead sut endurer l'éloge sans cesse renouvelé de la « perle » des demoiselles Skinner.

Et puis, le onzième jour, la grande nouvelle se répandit d'un bout à l'autre du village : Mary, la « perle », avait disparu! Elle n'avait pas couché dans son lit, qui n'était pas défait, et l'on avait retrouvé la porte d'entrée non verrouillée. Mary avait dû s'éclipser sans bruit durant la nuit.

Mais elle n'avait pas disparu seule! Manquaient aussi deux broches et cinq bagues appartenant à miss Lavinia, ainsi que trois bagues, un pendentif, un bracelet et quatre broches, qui étaient l'apanage de miss Emily.

Encore n'était-ce qu'un commencement!

La jeune Mrs Devereux avait constaté la disparition de ses diamants, qu'elle gardait dans un tiroir non fermé à clef, ainsi que des fourrures de prix qui lui avaient été données en cadeau de mariage. Chez le juge, on avait aussi subtilisé des bijoux en même temps qu'une certaine somme d'argent. Mais c'était Mrs Carmichael la plus à plaindre car, ne faisant pas confiance aux banques, elle gardait chez elle un important magot en sus de bijoux de grande valeur. C'était le jour de repos de Janet, et sa patronne était sortie dans le parc au coucher du soleil, afin d'y faire festoyer ses amis ailés. Il semblait clair que Mary, la parfaite domestique, avait des clés lui ouvrant tous les appartements!

En apprenant la nouvelle, il faut l'avouer, St Mary Mead éprouva une sorte de satisfaction mesquine : miss Lavinia s'était tellement vantée de sa « perle », la merveilleuse Mary!

– Et il s'agissait tout simplement d'une voleuse, rendez-vous compte!

D'intéressantes révélations suivirent. Non seulement Mary s'était évanouie en fumée, mais l'agence qui l'avait envoyée, et s'était portée garante de ses références, eut la mauvaise surprise de découvrir que la Mary Higgins qui s'était présentée à ses bureaux n'avait jamais existé. Certes, il y avait bien une domestique portant ce nom et méritant tous les éloges, mais elle n'avait jamais quitté la Cornouailles où, depuis des années, elle était au service de la sœur d'un ecclésiastique.

– Bougrement habile tout ça, dut convenir l'inspecteur Slack. Et si vous voulez mon avis, cette femme travaille avec une bande organisée. Il y a eu une affaire du même genre dans le Northumberland, voici un an. On n'a jamais rien retrouvé et la voleuse n'a pas été arrêtée. Eh bien, nous allons montrer que, à Much Benham, nous sommes capables de mieux faire!

L'inspecteur Slack avait toujours été un homme très sûr de lui.

En dépit de quoi, les semaines passèrent et Mary Higgins demeura introuvable, bien que l'inspecteur Slack fît feu des quatre fers.

Miss Lavinia n'arrêtait pas de pleurer. Quant à miss Emily, la chose aggrava tellement son état qu'elle finit par faire appel au Dr Haydock.

Tout le village brûlait de savoir ce que le médecin pensait de la santé de miss Emily; mais, bien entendu, on ne pouvait pas lui poser la question. On eut cependant satisfaction, par le truchement de Mr Meek, le jeune préparateur en pharmacie qui sortait avec Clara, la bonne de Mrs Price-Ridley. Le Dr Haydock avait prescrit un mélange d'assa-foetida et de valériane qui, selon Mr Meek, était celui dont on usait couramment dans l'armée pour « guérir » les tire-au-flanc!

On ne tarda pas à apprendre que miss Emily, ne constatant aucune amélioration dans son état, estimait nécessaire de se rapprocher du spécialiste londonien qui était le seul à avoir compris son cas.

L'appartement des deux sœurs se retrouva donc à louer.

Quelques jours plus tard, les joues roses et l'air agité, miss Marple se présenta au commissariat de Much Benham et demanda à voir l'inspecteur Slack.

Slack n'aimait pas miss Marple, mais il savait que son chef, le colonel Melchett, ne partageait pas ce sentiment. Aussi dut-il, bien à contrecœur, se résigner à recevoir la vieille demoiselle.

– Bonjour, miss Marple. Que puis-je pour vous?

– Oh! mon Dieu... J'ai l'impression que vous êtes très pressé?

– Je suis effectivement plutôt débordé, mais je peux néanmoins vous accorder quelques instants.

– Pourvu que j'arrive à bien m'expliquer... C'est toujours difficile pour quelqu'un comme moi qui n'a pas reçu une éducation moderne... J'avais juste une gouvernante... C'était l'époque où l'on vous apprenait les règnes des rois d'Angleterre et autres sujets d'intérêt général, telles les trois maladies du blé : la nielle, la rouille... quelle est donc la troisième... N'est-ce pas le charbon?

– Vous désirez me parler du charbon du blé? s'enquit Slack.

– Oh! non, non, se hâta de lui assurer miss Marple. C'était juste pour vous donner un exemple...

C'est de Gladys que je désire vous entretenir... Vous savez, la bonne des demoiselles Skinner?

– Mary Higgins.

– Oui, ça, c'était leur seconde bonne. Mais celle dont je veux parler, c'est Gladys Holmes, une fille quelque peu impertinente et beaucoup trop contente de soi, mais d'une parfaite honnêteté, je tiens à le souligner car c'est important.

– Aucune plainte n'a été portée contre elle, que je sache?

– Non, non, aucune... Mais en un sens, c'est pire. Parce que, voyez-vous, les gens continuent à penser des choses... Oh! mon Dieu, je sentais que je n'arriverais pas à bien m'expliquer... Ce que je veux dire... Enfin, bref, l'important, c'est de retrouver Mary Higgins.

– Sans aucun doute. Avez-vous quelques idées à ce sujet?

– Eh bien, il se trouve que oui... C'est à propos des empreintes digitales...

– Ah! fit l'inspecteur Slack, c'est justement là qu'elle s'est montrée habile. Elle faisait presque tout son travail en mettant des gants de caoutchouc, à ce qu'il semble. Et elle a eu grand soin de tout essuyer dans sa chambre et la cuisine. Nous n'avons pas pu y relever une seule empreinte digitale!

– Si vous aviez eu ses empreintes, ça vous aurait aidés?

– Probablement, mademoiselle, car le Yard peut les connaître déjà. D'après moi, ça n'est pas sa première affaire, tant s'en faut!

Miss Marple acquiesça avec empressement et, ouvrant son sac à main, elle y prit une petite boîte en carton qui se révéla contenir un miroir-miniature.

– C'est le miroir que j'ai toujours dans mon sac. Vous y trouverez les empreintes de Mary Higgins car, avant de le prendre, ses doigts avaient touché quelque chose de très poisseux.

L'inspecteur Slack regarda sa visiteuse avec stupeur :

– Auriez-vous fait exprès de relever ainsi ses empreintes?

– Bien sûr.

– Vous la soupçonniez donc?

– Eh bien, je trouvais qu'une pareille « perle », c'était trop beau pour être vrai. Je l'ai d'ailleurs dit à miss Lavinia, mais elle n'a pas voulu comprendre... Voyez-vous, inspecteur, la perfection n'est pas de ce monde... Nous avons tous nos défauts et, chez les domestiques, ils deviennent vite apparents!

– Je vous suis vraiment très obligé..., dit Slack en se ressaisissant. Nous allons envoyer ces empreintes aux gens du Yard et voir si elles leur apprennent quelque chose...

Il s'interrompit car, penchant un peu la tête de côté, miss Marple le regardait comme si elle brûlait d'ajouter quelque chose.

– Peut-être ne serait-il pas nécessaire d'aller chercher si loin, inspecteur.

– Que voulez-vous dire, miss Marple?

– Oh! c'est très difficile à expliquer... mais il y a parfois des petits riens qui retiennent l'attention... Ainsi, à propos de Gladys et de la broche. Je connais bien Gladys, c'est une honnête fille et elle n'avait sûrement pas volé la broche. Alors pourquoi miss Skinner était-elle convaincue du contraire? Car miss Skinner n'était pas une sotte, loin de là! Pourtant elle semblait très désireuse de se débarrasser de Gladys, et ce à une époque où l'on a le plus grand mal à trouver de bons domestiques. Plus j'y repensais et plus cela me semblait vraiment bizarre. Je m'avisai alors d'une autre chose non moins curieuse : miss Emily est une hypocondriaque, mais c'est la première que j'aie vue ne pas s'empresser de faire venir un médecin. Les hypocondriaques adorent les médecins... Or, ce n'était pas le cas de miss Emily.

— Que voulez-vous me donner à entendre, miss Marple?

— Eh bien, tout simplement que miss Lavinia et sa sœur sont des personnes assez étranges. Miss Emily passe presque tout son temps dans une chambre où règne la pénombre et je suis prête à parier mon postiche que ses cheveux gris appartiennent à une perruque! Alors, ce que je voulais vous dire, c'est qu'une femme à cheveux gris, pâle et gémissante, peut très bien ne faire qu'une avec une femme brune aux joues roses. Et, que je sache, personne n'a jamais vu en même temps miss Emily et Mary Higgins.

» Le temps ne leur avait pas manqué pour prendre l'empreinte de toutes les serrures et faire confectionner des clefs... Non plus que pour se mettre bien au fait des habitudes de leurs voisins et se débarrasser de la bonne qu'elles avaient engagée sur place. Un soir, après la tombée de la nuit, miss Emily quitte à pied le Vieux Hall afin d'arriver le lendemain à la gare en tant que Mary Higgins. Puis, le moment venu, Mary Higgins disparaît avec le produit de ses vols, incitant la police à la rechercher. Eh bien, je m'en vais vous dire où la trouver, inspecteur : sur la chaise-longue de miss Emily Skinner! Si vous ne me croyez pas, prenez ses empreintes et vous verrez que j'ai raison. Deux habiles voleuses, voilà ce que sont les demoiselles Skinner... ayant sans aucun doute partie liée avec un fourgue, un lessiveur, ou je ne sais comment vous dites... Mais cette fois, elles ne vont pas s'en tirer comme ça, car je ne tolérerai pas que le moindre doute subsiste à l'égard de la petite bonne qu'elles ont renvoyée. Gladys Holmes est l'honnêteté même et j'entends bien le faire savoir à tout le village! Au revoir, inspecteur!

Et miss Marple de quitter le bureau avant même que Slack ne se fût ressaisi.

– Ma foi, murmura-t-il, elle pourrait bien avoir raison...

Ce dont il ne tarda pas à avoir confirmation.

Le colonel Melchett félicita son subordonné pour l'efficacité dont il avait fait preuve en cette affaire. Quant à miss Marple, elle convia Gladys à venir prendre le thé avec Edna, afin de lui bien mettre dans la tête que les bonnes places ne courent pas les rues et que, lorsqu'on en a une, il convient de la garder.

MALEDICTION
(*The case of the caretaker*)

– Eh bien, demanda le Dr Haydock à sa cliente, comment nous sentons-nous aujourd'hui?

Au creux de ses oreillers, miss Marple lui dédia un pâle sourire.

– Je crois que je vais mieux, mais je me sens terriblement déprimée. Je ne puis m'empêcher de penser qu'il m'eût mieux valu mourir. Après tout, je suis une vieille femme, dont personne ne se soucie et ne déplorerait la fin.

– Oui, oui, opina le Dr Haydock d'un air entendu. Réaction typique après ce genre de grippe. Ce qu'il vous faut, c'est quelque chose qui vous occupe l'esprit. Un tonique mental.

Miss Marple soupira et secoua la tête.

– Et je me trouve avoir justement ce remède avec moi, poursuivit le médecin en jetant sur le lit une longue enveloppe. Voilà exactement ce dont vous avez besoin. Un puzzle qui est tout à fait dans vos cordes.

– Un puzzle? répéta miss Marple, soudain intéressée.

– Oh! fit le médecin en rougissant un peu, il s'agit d'une petite chose qui ne prétend pas être litté-

127

raire... J'ai usé beaucoup trop de « dit-il », « dit-elle », « pensa-t-elle », mais tous les faits sont exacts.

– Et pourquoi parlez-vous de puzzle?

Le Dr Haydock sourit :

– Parce qu'il vous appartient de le résoudre. Je brûle de voir si, en l'occurrence, vous serez aussi brillante qu'à votre habitude.

Et le médecin s'en fut après avoir décoché cette flèche du Parthe.

Sortant aussitôt le manuscrit de l'enveloppe, miss Marple se mit à le lire.

– Et où est la mariée? s'enquit miss Harmon avec affabilité.

Le village était impatient de voir la riche et belle épouse que Harry Laxton avait ramenée de l'étranger. Un sentiment d'indulgence général avait toujours prévalu en ce qui concernait ce polisson de Harry. Même les propriétaires de fenêtres ayant eu à souffrir de sa maladroite utilisation d'un lance-pierre, avaient senti fondre leur indignation devant la façon dont Harry s'écrasait devant eux en exprimant ses regrets. Il avait brisé des vitres, pillé des vergers, braconné, fait des dettes, affiché sa liaison avec la fille du buraliste – liaison à laquelle il avait mis un terme en partant pour l'Afrique. Malgré tout cela, le village – représenté en l'occurrence par un certain nombre de vieilles demoiselles – avait murmuré avec indulgence : « Il faut bien que jeunesse se passe! Quand il aura jeté sa gourme, il s'assagira. »

Et voilà que l'enfant prodigue était de retour, non dans l'affliction mais triomphant. Harry Laxton avait acheté une conduite, comme on dit. Se repre-

128

nant en main, il avait travaillé dur et finalement fait la conquête d'une jeune Anglo-Française, héritière d'une grosse fortune, et qu'il avait épousée.

Harry aurait pu vivre à Londres, ou acheter une propriété dans quelque endroit snob, mais il avait préféré revenir dans cette partie du monde où il se sentait chez lui. Là, de façon très romantique, il avait fait l'acquisition de Kingsdean House où il avait passé son enfance dans la maison des hôtes.

Le domaine était demeuré à l'abandon pendant près de soixante-dix ans. Un vieux gardien et sa femme y logeaient dans le seul coin habitable. Il s'agissait d'une vaste demeure sans charme, entourée de jardins où la végétation était redevenue sauvage au point d'évoquer la retraite enchantée de quelque magicien.

La maison des hôtes, plaisante et sans prétention, avait été louée pendant nombre d'années par le major Laxton, le père de Harry. Aussi, enfant, Harry avait-il hanté inlassablement la jungle du jardin, dont il connaissait les moindres recoins, cependant que Kingsdean House ne cessait de le fasciner.

Le major Laxton étant mort quelques années auparavant, on aurait pu penser que Larry ne tiendrait pas à revenir dans des lieux chargés pour lui de tant de souvenirs, pourtant, ce fut là qu'il amena sa jeune épouse. La vieille bâtisse croulante fut abattue, puis architectes et entrepreneurs prirent possession des lieux. Après quoi, en un délai étonnamment court – car l'argent peut faire des miracles –, la nouvelle maison éleva sa blancheur au milieu des arbres.

Alors les jardiniers entrèrent en action, puis on vit arriver toute une procession de camions chargés de mobilier.

Désormais, la maison était prête. Les domestiques s'y installèrent, puis une luxueuse limousine déposa Mr et Mrs Harry Laxton devant le perron.

Ce fut l'effervescence dans le village et Mrs Price, qui y possédait la maison la plus spacieuse et s'y considérait comme l'arbitre des mondanités, envoya des invitations pour une grande réception « où vous ferez connaissance avec la jeune mariée ».

Quel événement! Plusieurs dames se firent faire des robes neuves pour l'occasion. Tout le monde était surexcité, curieux, brûlant de voir enfin cette fabuleuse créature, tant cela ressemblait à un conte de fées!

D'où la question lancée par miss Harmon, vieille fille au cœur tendre, tandis qu'elle pénétrait dans le salon en se frayant un chemin à travers la foule des invités. Ce fut miss Brent, sa contemporaine, qui lui répondit avec un rien d'acidité.

— Elle est absolument charmante! Et toute jeune, avec d'excellentes façons. On serait presque jaloux de voir quelqu'un avoir ainsi tout pour soi : la beauté, la fortune, l'éducation et l'amour de ce cher Harry!

— Tout nouveau, tout beau, dit sentencieusement miss Harmon.

Aussitôt les narines de miss Brent palpitèrent :

— Oh! vous croyez vraiment que...

— Nous savons tous comment est Harry.

— Nous savons comment il était! Mais je pense que maintenant...

— Oh! dit miss Harmon, les hommes ne changent jamais. Je les connais, allez!

— Mon Dieu, la pauvre petite! fit miss Brent tout en paraissant nettement plus enjouée. Oui, je pense moi aussi qu'elle va avoir des déceptions avec lui. Quelqu'un devrait la mettre en garde. Je me demande si elle est au courant de cette vieille histoire ?

– Ce ne serait pas bien de la lui laisser ignorer, déclara miss Harmon. Surtout qu'il n'y a pas d'autre pharmacie au village.

Car la fille du buraliste était maintenant mariée avec Mr Edge, le pharmacien.

– Je crois qu'il vaudrait mieux que Mrs Laxton achète ses médicaments à Much Benham, estima Miss Brent.

– Je suppose que Harry Laxton sera tout naturellement amené à le lui conseiller.

Les deux vieilles demoiselles échangèrent un regard entendu.

– Mais je continue de penser qu'elle devrait être mise au courant, conclut miss Harmon.

– Odieux! déclara avec chaleur Clarice Vane à son oncle, le Dr Haydock, il y a des gens absolument odieux!

Le médecin la regarda avec curiosité.

C'était une grande et belle fille brune, impulsive et généreuse. Ses magnifiques yeux noirs exprimaient l'indignation.

– Tous à insinuer des choses!

– Au sujet de Harry Laxton?

– Oui : son « affaire » avec la fille du bureau de tabac.

– Oh! ça... (Le médecin eut un haussement d'épaules.) La plupart des jeunes gens ont des liaisons de ce genre.

– Certes, et, de toute façon, c'est terminé. Alors

pourquoi revenir là-dessus après tant d'années? On dirait des vautours s'acharnant sur un cadavre!

– Oui, je comprends que cela te donne cette impression. Mais il faut te rendre compte que les gens d'ici n'ont pas souvent lieu de jaser, alors ils se rabattent sur les scandales passés. Ce que j'aimerais savoir, c'est pourquoi cela t'émeut à ce point?

Clarice Vane rougit en se mordant la lèvre, puis dit d'une voix bizarre, étouffée :

– Ils... Ils ont l'air si heureux... Je veux parler des Laxton. Ils sont jeunes, amoureux, et l'avenir leur sourit. Alors, ça me bouleverse de penser que tout cela peut être compromis par des racontars, des allusions, des sous-entendus...

– Oui, je vois...

Clarice poursuivit :

– Il me parlait voici quelques instants. Il est tout heureux et surexcité, passionné, à l'idée d'avoir enfin réalisé son rêve qui était de reconstruire Kingsdean House. On dirait un enfant! Et elle... Ma foi, je suppose que tout a dû toujours aller bien pour elle... Tu l'as vue. Qu'en penses-tu?

Le médecin ne répondit pas immédiatement. Pour les autres, Louise Laxton pouvait être un objet d'envie, une enfant comblée par la fortune. Mais lui, en la voyant, s'était remémoré un refrain à la mode bien des années auparavant « *Pauvre petite fille riche...* »

Un corps menu et délicat, une pâle blondeur et de grands yeux bleus.

Louise se sentait lasse... Cet interminable défilé de gens l'avait fatiguée. Elle souhaita pouvoir bientôt s'en aller... Peut-être même tout de suite... C'était à lui d'en décider. Et avec sa haute taille, sa solide carrure, il semblait prendre beaucoup de plaisir à cette morne réception.

Pauvre petite fille riche...

– Ouf!

Un grand soupir de soulagement.

Harry se tourna vers sa femme, d'un air amusé, tandis qu'ils repartaient en voiture.

– Oh! mon chéri, tous ces gens... c'était terrible!

– Oui, en effet, acquiesça-t-il en riant. Mais il fallait y passer, et dis-toi que maintenant c'est fait. Tu comprends, toutes ces vieilles gens m'ont connu lorsque j'étais petit garçon et ils auraient été très déçus de ne pas avoir l'occasion de t'approcher ainsi.

Louise eut une grimace expressive et demanda :

– Serons-nous obligés de les voir souvent?

– Oh! non... Ils viendront très cérémonieusement déposer des cartes de visite et tu leur rendras la politesse. Après quoi, ce sera terminé et tu pourras fréquenter qui bon te semble.

Après une minute, Louise s'enquit :

– Peut-on avoir ici des relations amusantes?

– Oui, bien sûr... Les membres du Country Club, par exemple... Encore que tu risques peut-être de les trouver sans grand intérêt car ils ne parlent guère que chiens, chevaux et tulipes. Tu vas pouvoir t'adonner à l'équitation. Je suis certain que tu y prendras plaisir. Il y a justement à Eglington un cheval que j'aimerais te montrer. Un animal splendide, parfaitement dressé, plein d'allant et qui n'a aucun défaut.

La voiture ralentit pour prendre le virage menant aux grilles de Kingsdean. Harry donna un brusque coup de volant et émit un juron : il n'avait évité que d'extrême justesse une silhouette grotesque qui s'était précipitée au milieu de la route. Elle resta plantée là, en agitant le poing et vociférant.

La main de Louise se crispa sur le bras de son mari :

– Qui... qui est cette horrible vieille?

Le visage de Harry s'était rembruni :

– La mère Murgatroyd... Son mari et elle étaient les gardiens de la vieille maison. Ils l'ont habitée pendant près de trente ans.

– Pourquoi te menace-t-elle du poing?

Les joues de Harry s'empourprèrent :

– Elle... Elle est furieuse que la maison ait été démolie... Ce qui l'a obligée à vider les lieux, bien sûr. Elle a perdu son mari voici deux ans et on dit que, depuis sa mort, elle est devenue un peu braque.

– Est-ce que... A-t-elle de quoi manger?

Sur certains chapitres, Louise avait des idées très vagues et quelque peu mélodramatiques. La richesse vous empêche d'être en contact avec les réalités de l'existence.

Harry parut outragé :

– Seigneur, Louise, que vas-tu chercher! Je lui verse une retraite, bien sûr, et même assez généreuse. De plus, je lui ai trouvé un autre logement et tout ce qui s'ensuit.

– Alors, pourquoi réagit-elle comme ça? questionna Louise, déconcertée.

– Oh! est-ce que je sais? fit Harry en fronçant les sourcils. Comme je te l'ai dit, elle est dingue et elle aimait la vieille maison...

– Mais ce n'était plus qu'une ruine, n'est-ce pas?

– Oh! oui... Le toit laissait passer l'eau, elle croulait de partout, au point qu'il était même plutôt dangereux de l'habiter. Mais comme elle logeait là depuis longtemps, elle devait s'y plaire... Comment savoir? Elle est dingue!

En proie à un malaise grandissant, Louise dit :

– Je... Je crois qu'elle nous a maudits... Oh! Harry, comme je regrette que nous l'ayons rencontrée!

Louise avait l'impression que, dans son nouvel environnement, l'atmosphère était comme empoisonnée par le voisinage de l'ancienne gardienne. Chaque fois que la jeune femme sortait en voiture, à cheval, ou simplement pour promener les chiens, la sinistre silhouette était à l'affût : tassée sur elle-même, un chapeau informe coiffant ses cheveux gris, elle n'arrêtait pas de marmotter des imprécations.

Louise était convaincue que Harry avait raison : la vieille femme était folle. Mais cela n'était pas pour simplifier les choses. Mrs Murgatroyd ne pénétrait jamais dans la propriété, pas plus qu'elle ne formulait de menaces précises ou ne se laissait aller à des gestes violents. Le plus souvent recroquevillée sur elle-même, elle restait toujours à l'extérieur des grilles. Prévenir la police n'eût servi à rien et, de toute façon, Harry Laxton y était opposé, disant que cela n'aurait d'autre effet que de susciter la sympathie du village en faveur de la vieille femme. Il prenait la chose beaucoup plus légèrement que sa femme.

– Ne te tracasse pas, ma chérie. Elle se lassera de ses malédictions.

– Non, Harry, non. Elle... elle nous hait! Je le sens! Elle nous souhaite du mal!

– Même si elle en a l'air, ce n'est pas une sorcière, mon petit. Ne sois pas morbide comme ça.

Louise garda le silence. A présent que l'excitation de l'installation était tombée, la jeune femme se sentait étrangement seule et désœuvrée. Habituée à la vie de Londres ou de la Riviera, elle n'avait aucune inclination pour celle qu'on mène dans la campagne anglaise. En dehors du dernier stade, consistant à « cueillir des fleurs », elle ignorait tout du jardinage, n'était pas tellement portée sur les chiens, et les voisins qu'il lui arrivait de rencontrer l'ennuyaient plus qu'autre chose. Ce qu'elle aimait, c'était faire du cheval, parfois en compagnie de Harry ou toute seule quand il s'occupait de quelque détail de la propriété. Elle allait au petit trot par les chemins et les bois, savourant le plaisir de monter un cheval aussi sûr que celui que lui avait acheté son mari. Mais même Prince Hal renâclait et faisait un écart quand, ayant sa maîtresse en selle, il lui arrivait de passer devant la silhouette accroupie de la vieille femme.

Un jour, Louise prit son courage à deux mains. Elle était à pied et venait d'apercevoir Mrs Murgatroyd. Au lieu de faire volte-face, elle alla droit vers l'ancienne gardienne, à qui elle demanda, d'une voix quelque peu haletante :

– Qu'y a-t-il? Qu'est-ce que vous voulez?

La vieille femme battit des paupières. Son visage tanné comme celui d'une bohémienne avait la même expression rusée. Louise se demanda si elle s'adonnait à la boisson.

D'une voix pleurnicharde mais néanmoins menaçante, la vieille dit :

– Vous vous demandez ce que je veux? Qui c'est qui m'a chassée de Kingsdean House, où j'ai vécu pendant près de quarante ans? C'était une mauvaise action et qui ne vous portera pas bonheur, ni à vous ni à lui!

– Vous avez maintenant un joli cottage et...

Louise fut interrompue par la femme qui levait les bras en hurlant :

– Et à quoi ça m'avance? C'est mon chez-moi que je veux, me retrouver au coin de mon feu où j'aimais tant m'asseoir! Et je vous le dis : dans votre belle maison neuve, ni vous ni lui ne connaîtrez le bonheur! Que le chagrin et la mort s'abattent sur vous! Je vous maudis! Puissiez-vous pourrir!

Louise s'enfuit en courant, habitée par cette unique pensée : « *Il faut m'en aller d'ici! Nous devons vendre cette maison, partir tous les deux!* »

Sur l'instant, cela lui parut tout simple. Mais le manque de compréhension manifesté par Harry la sidéra :

– Partir d'ici? Vendre la maison? A cause des menaces d'une vieille folle? Tu veux rire?

– Oh! non, vraiment pas. Cette femme me fait peur. Je sens qu'il va nous arriver quelque chose!

Alors Harry Laxton dit d'un air résolu :

– Laisse-moi m'occuper d'elle et je te garantis qu'elle va te ficher la paix!

Clarice Vane et la jeune Mrs Laxton s'étaient prises d'amitié l'une pour l'autre. Sensiblement du même âge, elles différaient complètement pour ce qui était du caractère et des goûts. En compagnie de Clarice, Louise se sentait rassurée, tant la jeune fille débordait d'énergie et de confiance en soi. Louise lui parla de Mrs Murgatroyd et de ses menaces, mais Clarice parut trouver la chose plus agaçante qu'effrayante.

– Cette façon d'agir est vraiment stupide, et je comprends qu'elle vous porte sur les nerfs.

– Il y a des moments, Clarice, où j'ai si peur que je sens mon cœur qui flanche!

– Allons, allons, il ne faut pas vous laisser impressionner par quelque chose d'aussi ridicule! Elle finira par se lasser.

Comme Louise gardait le silence, Clarice lui demanda :

– Qu'avez-vous?

Louise balança encore un instant, puis s'écria avec volubilité :

– Je déteste cet endroit! Les bois, la maison, ce terrible silence de la nuit, avec juste ces bruits que font les hiboux... Et puis aussi les gens, tout!

– Les gens... Quelles gens?

– Les gens du village... Ces vieilles filles toujours à épier et faire des commérages...

– Qu'ont-elles dit? questionna vivement Clarice.

– Je ne sais pas au juste... Rien de particulier... Mais elles ont l'esprit mauvais. Lorsqu'on leur parle, on a le sentiment de ne pouvoir se fier à personne... personne!

– Oubliez-les donc! Elles n'ont rien d'autre à faire que cancaner. Et la plupart des méchancetés qu'elles racontent sont pure invention.

– Je voudrais n'être jamais venue ici, dit Louise, dont la voix s'adoucit pour ajouter : Mais Harry s'y plaît tellement.

« Comme elle l'adore! » pensa Clarice avant de déclarer :

– A présent, il faut que je m'en aille.

– Je vais vous faire reconduire en voiture. Revenez me voir bientôt!

Clarice le lui promit et Louise se sentit réconfor-

138

tée par la visite de sa nouvelle amie. Heureux de trouver sa femme plus enjouée, Harry l'incita dès lors à inviter souvent Clarice.

Puis, un jour, il lui annonça :

– Bonne nouvelle pour toi, ma chérie.

– Oh!... Quoi donc?

– J'ai tout arrangé en ce qui concerne la mère Murgatroyd. Comme elle a un fils en Amérique, je me suis entremis pour qu'elle aille le rejoindre et je lui paye le voyage.

– Oh! Harry, quel bonheur! A présent, je crois que je vais aimer Kingsdean.

– L'aimer? Mais bien sûr! Il n'est pas au monde d'endroit plus merveilleux!

Louise réprima un léger frisson. Elle ne se libérait pas si facilement de ses craintes superstitieuses.

Si les bonnes âmes de St Mary Mead espéraient avoir le plaisir de révéler à la jeune épouse les frasques passées de son mari, elles furent privées de ce plaisir par Harry lui-même.

Miss Harmon et Clarice Vane se trouvaient toutes deux dans la pharmacie de Mr Edge, l'une pour y acheter du borate de soude, l'autre un collyre, lorsqu'arrivèrent Harry Laxton et sa femme.

Après avoir salué les deux dames, Harry se tournait vers le comptoir afin de choisir une brosse à dents lorsqu'il s'exclama cordialement :

– Oh! mais voyez donc qui est là! Bella, en personne!

Mrs Edge, que ce brusque afflux de clients avait fait sortir de l'arrière-boutique, lui rendit son sourire, révélant ainsi des dents d'une blancheur éclatante. Après avoir été une ravissante jeune fille brune, c'était encore une belle femme, bien qu'elle eût pris du poids et que son visage fût un peu griffé par les années. Mais ses grands yeux noirs rayonnaient de plaisir tandis qu'elle répondait :

– Oui, Bella en personne, Mr Harry, et qui est bien contente de vous revoir après tant d'années.

Harry se tourna vers sa femme :

– Bella est une de mes anciennes passions, Louise. J'étais follement amoureux d'elle. N'est-ce pas, Bella?

– C'est vous qui le dites!

Louise rit, en déclarant :

– Mon mari est si heureux de retrouver tous ses vieux amis!

– Nous ne vous avions pas oublié non plus, Mr Harry, dit Mrs Edge. Votre mariage et la façon dont vous avez transformé cette vieille ruine de Kingsdean House, on dirait vraiment un conte de fées!

– Vous m'avez l'air vous-même en pleine forme, déclara Harry.

Et Mrs Edge rit, en disant se porter effectivement comme un charme, avant de lui demander quel genre de brosse à dents il désirait.

Clarice, qui observait du coin de l'œil la déconfiture de miss Harmon, exulta intérieurement : « *Bien joué, Harry! Vous leur avez cloué le bec!* »

– Qu'est-ce que cette histoire ridicule, à propos de la vieille Mrs Murgatroyd qui rôderait autour de Kingsdean en maudissant le nouveau régime? demanda le Dr Haydock à sa nièce.

– Ce n'est que trop vrai, hélas! car cela bouleverse beaucoup Louise.

– Alors, dis-lui de ne pas se tracasser. Lorsque les Murgatroyd étaient gardiens de la propriété, ils

140

n'arrêtaient pas de se plaindre de leur inconfort...
S'ils y sont restés, c'est parce que Murgatroyd
buvait et aurait été incapable de trouver un autre
emploi.

– Je le lui dirai, mais je ne pense pas que cela
suffise à la rassurer, car la vieille hurle littéralement
après elle.

– Oui, elle avait un faible pour Harry lorsqu'il
était enfant... Mais quand même!

– Enfin, ils vont être bientôt débarrassés d'elle,
dit Clarice. Harry lui paye le voyage pour qu'elle
aille rejoindre son fils aux Etats-Unis.

Trois jours plus tard, Louise fit une chute de
cheval et se tua.

Deux hommes, dans la camionnette du boulanger,
furent témoins de l'accident. Ils virent Louise fran-
chir les grilles de la propriété et la vieille femme
surgir devant elle en agitant les bras et en vociféé-
rant. Effrayé, le cheval se cabra, fit un violent écart,
puis prit le mors aux dents, s'emballa et projeta
Louise Laxton par-dessus son encolure.

L'un des deux hommes resta près du corps, ne
sachant que faire, cependant que l'autre se précipi-
tait à l'intérieur de la propriété pour quérir du
secours.

Harry Laxton arriva en courant, livide. On
démonta une des portes arrière de la camionnette
sur laquelle on étendit Louise pour la transporter
dans la maison. Elle mourut avant l'arrivée du
médecin et sans avoir repris connaissance.

(*Fin du manuscrit du Dr Haydock.*)

Lorsque le Dr Haydock se présenta chez miss
Marple, le lendemain, il fut heureux de constater

que sa cliente avait meilleure mine et manifestait une certaine animation.

– Eh bien, lança-t-il, quel est le verdict?

– Quel est le problème, docteur? rétorqua miss Marple.

– Oh! chère mademoiselle, faut-il vraiment que je vous le dise?

– Je suppose qu'il s'agit de l'étrange attitude de la gardienne. Pourquoi se conduisait-elle de façon si bizarre? Certes, on n'aime pas être chassé de sa maison. Mais il ne s'agissait pas de sa maison et, en outre, elle n'avait cessé de se plaindre de son inconfort lorsqu'elle l'habitait. Oui, ça paraît vraiment curieux... Qu'est-elle devenue, au fait?

– Elle a filé à Liverpool, tant l'accident l'a terrifiée. Elle préfère attendre là-bas le départ de son bateau.

– Ce qui doit bien arranger quelqu'un, commenta miss Marple. Oui, je pense que « Le Problème de l'Etrange Attitude de la Gardienne » peut être facilement éclairci. On l'avait achetée, n'est-ce pas?

– C'est votre solution?

– Ma foi, s'il n'était pas normal qu'elle se conduise de cette façon, alors c'est qu'elle « jouait la comédie », comme on dit, et cela signifie que quelqu'un la payait dans ce but.

– Et vous savez qui cela pouvait être?

– Oh! je pense, oui... Encore une histoire d'argent. Et j'ai remarqué que les hommes sont toujours attirés par le même type de femme.

– Là, je perds pied...

– Mais non : tout se tient. Harry Laxton admirait Bella Edge, une brune pleine de vivacité. Comme l'est aussi votre nièce Clarice. Très différente, en revanche, était sa pauvre petite épouse : une blonde fragile. Il avait donc dû l'épouser pour son argent. Et c'est aussi pour son argent qu'il l'a assassinée!

– *Assassinée?*

– Un homme porté sur les femmes et dépourvu de scrupules, tel m'apparaît Harry Laxton. Je suppose qu'il voulait conserver la fortune de sa femme tout en épousant votre nièce. On a sans doute dû le voir bavarder aussi avec Mrs Edge; toutefois, je ne crois pas qu'il soit encore attiré par elle, même si, pour des raisons personnelles, il l'a laissé croire à cette pauvre femme. Il l'avait ainsi toute à sa dévotion, j'imagine.

– Mais comment pensez-vous qu'il a assassiné sa femme?

Miss Marple demeura un moment à regarder droit devant elle, d'un air méditatif.

– Tout a été bien calculé... avec les occupants de la camionnette du boulanger comme témoins. Comme ils ont vu la vieille femme, ils ont tout naturellement pensé que c'était elle qui avait causé la frayeur du cheval. Mais j'imagine qu'avec un fusil à air comprimé... ou encore un lance-pierre, avec quoi il excellait... Oui, juste comme le cheval et sa cavalière franchissent les grilles... Le cheval s'emballe évidemment et Mrs Laxton est projetée à bas de sa monture.

Miss Marple s'interrompit un instant et fronça les sourcils.

– Elle pouvait se tuer dans une telle chute. Mais comment en aurait-il eu l'assurance? Or, il me semble être le genre d'homme à bien tout mettre au point, sans rien laisser au hasard. Mrs Edge était en mesure de lui procurer ce dont il avait besoin, sans que son mari en sache rien. Sinon, pour quelle raison Harry se serait-il remis à lui faire du charme? Oui, je pense qu'il disposait de quelque drogue violente, ayant pu être administrée à la malheureuse avant votre arrivée. Après tout, si une femme grièvement blessée en tombant de cheval meurt sans avoir repris connaissance... pourquoi un médecin se montrerait-il soupçonneux? Il attribuera le décès à la commotion ou quelque chose comme ça.

Le Dr Haydock eut un hochement de tête approbateur.

– Qu'est-ce qui vous a fait flairer du louche? questionna miss Marple.

– Oh! je n'ai témoigné d'aucune remarquable intuition! Tout est venu du fait bien connu qu'un assassin convaincu de son habileté finit par oublier certaines précautions élémentaires. Je venais de m'efforcer de prodiguer quelque réconfort au mari désespéré – que je plaignais vraiment de tout mon cœur – lorsqu'il s'est jeté sur un divan comme pour mieux donner libre cours à sa douleur. Et, ce faisant, une seringue hypodermique est tombée de sa poche.

» Il l'a vivement ramassée, mais son visage avait exprimé une telle frayeur que cela m'a donné à penser. Harry Laxton ne se droguait pas et il était en parfaite santé. Alors, que faisait-il avec une seringue hypodermique dans sa poche? C'est en envisageant certaines possibilités que j'ai procédé à l'autopsie et j'ai ainsi découvert la présence de strophantine dans le corps de la défunte. Ensuite, tout a été facile. Laxton avait de la strophantine en sa possession et, interrogée par la police, Bella Edge a craqué, reconnaissant lui en avoir procuré. Pour couronner le tout, la vieille Mrs Murgatroyd a avoué que c'était Harry Laxton qui l'avait incitée à jouer cette comédie de la malédiction.

– Votre nièce s'en est remise?

– Oh! oui. Certes, elle éprouvait de l'attirance pour Harry, mais cela n'avait pas été bien loin.

Le docteur récupéra son manuscrit.

– Dix sur dix pour vous, miss Marple... et pour moi aussi, qui ai su vous prescrire exactement ce qu'il vous fallait. Vous voilà redevenue presque comme à votre ordinaire.

L'APPARTEMENT DU TROISIÈME
(The third-floor flat)

– Zut! dit Pat.

Tandis qu'une ride creusait soudain son front, elle se mit à fouiller dans son sac du soir, cependant qu'une autre fille et deux jeunes gens l'observaient avec inquiétude. Ils se trouvaient tous devant la porte de l'appartement habité par Patricia Garnett.

– C'est peine perdue, je ne l'ai pas, dit Pat. Qu'est-ce que nous allons bien pouvoir faire?

– Sans clef, la vie vaut-elle d'être vécue? murmura Jimmy Faulkener.

Pas très grand, mais large d'épaules, il avait des yeux bleus rayonnant de bonne humeur. Pat se tourna vers lui avec colère :

– Ce n'est vraiment pas le moment de plaisanter, Jimmy!

– Ecoute, Pat, intervint Donovan Bailey, elle doit bien être quelque part.

Il parlait avec une aimable décontraction qui seyait à son physique de beau brun.

– A condition que tu l'aies prise, fit remarquer Mildred Hope.

– Evidemment que je l'ai prise. Je crois même

146

l'avoir donnée à l'un de vous... J'avais besoin de mes deux mains et j'ai demandé à Donovan de la tenir...

Mais pas question de trouver aussi facilement un bouc émissaire. Donovan lui opposa un ferme démenti, que vint appuyer Jimmy :

– Je t'ai vue la mettre dans ton sac, dit-il.

– Alors, l'un de vous a dû la faire tomber quand vous êtes allés chercher mon sac. Ça m'est arrivé déjà une ou deux fois de...

– Une ou deux fois! s'exclama Donovan. Tu l'as bien fait tomber une douzaine de fois de ce truc que tu persistes à appeler un sac.

– Je me demande même comment ce prétendu sac ne se vide pas de tout son contenu à la moindre occasion! enchérit Jimmy.

– Mais la question est : comment allons-nous entrer? rappela Mildred.

C'était une fille pleine de bon sens, mais nettement moins séduisante que l'impulsive et énervante Pat.

Leurs regards se tournèrent vers le vantail qui leur interdisait l'accès de l'appartement.

– Le concierge n'a-t-il pas un passe-partout ou quelque chose comme ça? suggéra Jimmy.

Pat secoua la tête. Il n'existait que deux clefs de l'appartement. Une qui était accrochée dans la cuisine et l'autre qui était – ou aurait dû être – dans ce satané sac.

– Si seulement l'appartement se trouvait au rez-de-chaussée, se lamenta Pat. Nous n'aurions qu'à briser un carreau... Donovan, ça ne t'amuserait pas de jouer au monte-en-l'air?

Donovan déclina poliment mais fermement la proposition, tandis que Jimmy soulignait :

– Au quatrième étage... Rien que ça!

– Et par l'escalier d'incendie? suggéra Donovan.

– Il n'y en a pas.

– C'est contraire à la loi, dit Jimmy. Un immeuble de cinq étages doit avoir un escalier d'incendie.

– Certes, mais ce qui devrait être et n'est pas, ne nous est d'aucun secours, rétorqua Pat.

– Et il n'y a pas un de ces machins où les livreurs déposent les trucs qu'ils apportent? questionna Donovan.

– Ah! oui, le monte-charge! fit Pat. Mais ça n'est qu'une sorte de panier métallique... Oh! mais il y a celui qu'on utilise pour les sacs de charbon!

– Enfin une idée pratique! commenta Donovan.

Mildred les doucha aussitôt :

– Il sera fermé, voyons. Je veux dire : de l'intérieur, dans la cuisine de Pat.

Les deux garçons s'esclaffèrent :

– Je parie bien que non! dit Donovan.

– Pat ne sait pas se servir d'un verrou! gloussa Jimmy.

– Non, la porte ne doit pas être verrouillée, confirma Pat. Je me rappelle l'avoir ouverte ce matin pour prendre la poubelle et je suis sûre maintenant de n'avoir pas repoussé le verrou.

– Eh bien, dit Donovan, voilà qui va nous être extrêmement utile ce soir mais, jeune Pat, laisse-moi te dire que de telles négligences te mettent chaque nuit à la merci des cambrioleurs.

Pat n'en eut cure.

– Venez! cria-t-elle en commençant à dévaler les quatre étages, les autres la suivirent et Pat les conduisit dans un endroit obscur, apparemment plein de poussettes et de landaus d'enfant, puis ouvrit la porte d'accès au monte-charge en question, dont la plate-forme était pour le moment occupée par une poubelle, que Donovan s'empressa d'ôter pour se mettre à sa place, tout en plissant le nez.

— Ça pue! dit-il. Mais aux grands maux les grands remèdes... Quelqu'un m'accompagne ou je me lance seul dans cette aventure?

— Je vais avec toi, dit Jimmy qui prit place à côté de son ami en ajoutant : Pourvu que ce truc supporte notre double poids!

— Tu ne dois pas peser beaucoup plus qu'une tonne de charbon, dit Pat dont les poids-et-mesures n'avaient jamais été le fort.

— De toute façon, nous n'allons pas tarder à être fixés, dit gaiement Donovan en se mettant à tirer sur la corde.

Dans un concert de grincements, ils disparurent à la vue de leurs amis.

— Ce truc fait un boucan terrible, remarqua Jimmy. Que vont penser les gens des autres appartements?

— Qu'il s'agit de fantômes ou de cambrioleurs, je suppose, dit Donovan. Ça n'est pas rien que de tirer sur cette corde. Le concierge de Friars Mansions a plus de travail que je ne le supposais. Dis, Jimmy : tu comptes les étages?

— Oh! mon Dieu... J'ai complètement oublié!

— Moi pas, heureusement. C'est le troisième que nous passons. Nous arrivons.

— Et là, grommela Jimmy, nous allons découvrir que, tout compte fait, Pat avait bien verrouillé la porte.

Mais ces craintes étaient sans fondement. La porte de bois pivota sans se faire prier et les deux amis abordèrent les ténèbres de la cuisine de Pat.

– Avant de nous lancer dans une pareille entreprise, nous aurions dû nous munir d'une torche électrique. Telle que je connais Pat, tout doit être posé par terre et nous allons faire un massacre de vaisselle avant d'avoir atteint le commutateur. Reste où tu es, Jimmy, jusqu'à ce que j'aie allumé.

Donovan progressa prudemment, et lâcha un « Merde! » retentissant quand il se cogna dans l'angle de la table. Il atteignit le bouton électrique et, l'instant d'après, un nouveau « Merde! » tonna dans l'obscurité.

– Qu'y a-t-il? demanda Jimmy.

– Y a pas de lumière. L'ampoule doit être grillée. Attends une minute... Je vais allumer dans le salon.

La porte du salon était de l'autre côté du couloir, face à celle de la cuisine. Jimmy entendit son camarade atteindre l'autre pièce, puis émettre à mi-voix une série de jurons.

– Qu'est-ce qui t'arrive? demanda-t-il en se risquant à l'intérieur de la cuisine.

– Je me le demande... La nuit, les pièces doivent être ensorcelées : Plus rien ne me semble être à sa place. Les chaises, les tables... Allons bon, en voilà encore une!

A ce moment, Jimmy réussit enfin à localiser le commutateur et l'actionna. L'instant d'après, les deux jeunes gens se regardèrent avec une expression horrifiée.

Ce n'était pas le salon de Pat. Ils n'étaient pas dans le bon appartement.

Pour commencer, la pièce était dix fois plus encombrée que celle de Pat, ce qui expliquait le désarroi de Donovan se heurtant à des tables et des chaises imprévues. Au milieu de cette pièce, il y avait une grande table ronde, recouverte d'un tapis, et un aspidistra décorait l'embrasure d'une des fenêtres. Les deux jeunes gens eurent le sentiment que c'était le genre de pièce dont l'occupante croirait difficilement à leurs explications. Sur la table, il y avait une petite pile de lettres adressées à Mrs Ernestine Grant.

– Seigneur! Crois-tu qu'elle nous ait entendus? haleta Donovan.

– Qu'elle ne t'ait pas entendu tient du miracle, vu la façon dont tu te cognais dans les meubles en jurant à chaque fois. Viens, pour l'amour du Ciel! Filons d'ici au plus vite!

Eteignant aussitôt, ils battirent en retraite sur la pointe des pieds et Jimmy exhala un soupir de soulagement lorsqu'ils se retrouvèrent à l'intérieur du monte-charge sans autre incident.

– Un profond sommeil est l'indice d'une conscience tranquille, dit-il. Mrs Ernestine Grant doit être quelqu'un de très bien.

– Je comprends maintenant comment nous nous sommes trompés, déclara Donovan. Avec ce truc, nous sommes partis du sous-sol et non du rez-de-chaussée. Cette fois, nous allons arriver chez Pat.

– Je le souhaite de tout cœur, dit Jimmy en abordant d'autres ténèbres. Mes nerfs ne supporteraient pas de nouvelles émotions...

Mais, cette fois, tout se passa bien. Dès qu'ils eurent actionné le commutateur, ils purent voir qu'ils étaient dans la cuisine de Pat, la minute d'après, ils ouvraient la porte d'entrée aux deux filles qui attendaient sur le palier.

– Vous en avez mis du temps! les rabroua Pat.

Mildred et moi avons dû appuyer je ne sais combien de fois sur le bouton de la minuterie.

– Nous avons eu une mésaventure qui aurait pu nous valoir d'être conduits au poste comme de dangereux malfaiteurs, dit Donovan.

Pat gagna le salon où elle alluma et laissa tomber son manteau sur le divan, tout en écoutant avec intérêt le récit de Donovan.

– Une chance qu'elle ne vous ait pas entendus, commenta-t-elle. Je suis sûre que ce doit être une vieille taupe. Ce matin, j'ai trouvé un mot où elle disait souhaiter me voir à propos de quelque chose... quelque chose dont elle doit vouloir se plaindre... Mon piano, je suppose. Les gens qui n'aiment pas entendre jouer du piano au-dessus de leurs têtes ne devraient pas habiter dans un appartement. Oh! Donovan, tu t'es fait mal à la main... Elle est pleine de sang. Va la passer sous le robinet.

Donovan regarda sa main avec surprise, puis quitta docilement la pièce. Peu après, on l'entendit appeler Jimmy.

– Qu'y a-t-il? fit l'autre. Tu ne t'es pas blessé grièvement, au moins?

– Je ne me suis pas blessé du tout.

Donovan avait dit cela d'une si drôle de voix que Jimmy le regarda avec étonnement. Donovan lui présenta la main qu'il venait de laver et le jeune homme put voir qu'elle ne présentait pas la moindre entaille.

– C'est bizarre, dit-il en fronçant les sourcils. Il y avait pourtant pas mal de sang. D'où venait-il donc?

Et soudain il s'avisa de ce que son ami, à l'esprit plus vif, avait déjà compris.

– Seigneur! Ça doit être dans l'autre appartement...

Il s'interrompit, conscient de tout ce que cela pouvait impliquer.

– Tu es certain que c'était... du sang? Pas de la peinture?

Donovan secoua la tête :

– Non, c'était bel et bien du sang, dit-il en réprimant un frisson.

Ils échangèrent un regard, pensant visiblement la même chose. Ce fut Jimmy qui se risqua gauchement à dire :

– Penses-tu que nous devrions... euh... redescendre et... et jeter un coup d'œil?

– Mais les filles?

– Ne leur disons rien. Pat enfilait un tablier pour nous préparer une omelette. Nous serons de retour avant qu'elles se demandent où nous sommes.

– Bon, viens, dit Donovan. Autant en avoir le cœur net... Il ne s'agit sûrement de rien de grave.

Mais son ton manquait de conviction. Ils reprirent le monte-charge pour gagner l'étage du dessous. Cette fois, ils trouvèrent leur chemin sans difficulté à travers la cuisine et allumèrent de nouveau dans le salon.

– Ce doit être ici que j'ai attrapé ça sur la main, dit Donovan. Dans la cuisine, je n'avais touché à rien.

Il regarda autour de lui, Jimmy l'imita et tous deux froncèrent les sourcils. Tout paraissait net et bien en ordre, à mille lieues de suggérer drame ou violence.

Tout à coup, Jimmy sursauta violemment et saisit le bras de son ami.

– Regarde!

Donovan suivit la direction indiquée par l'index pointé et, à son tour, étouffa une exclamation. De sous les épais doubles rideaux de reps émergeait un pied... un pied de femme dans une chaussure vernie.

Marchant vers les rideaux, Jimmy les écarta violemment. Dans l'embrasure de la fenêtre, une femme était recroquevillée sur elle-même, près d'une flaque sombre maculant le parquet ciré. A n'en pas douter, elle était morte. Jimmy s'apprêtait à la soulever lorsque Donovan l'en empêcha :

– Non, vaut mieux pas. On ne doit pas y toucher jusqu'à l'arrivée de la police.

– La police... Oui, bien sûr... Quelle horrible histoire! Qui penses-tu que ce soit? Mrs Ernestine Grant?

– Ça m'en a tout l'air, car si cet appartement est occupé par d'autres gens, ils se tiennent rudement tranquilles?

– Qu'est-ce qu'on fait? demanda Jimmy. On court chercher un agent ou on téléphone de l'appartement de Pat?

– Je pense qu'il vaut mieux téléphoner. Viens... Cette fois, autant sortir par la porte du palier. Nous n'allons pas passer toute la nuit à monter et descendre dans ce truc qui empeste!

Jimmy acquiesça mais, comme ils allaient quitter l'appartement, il marqua une hésitation :

– Tu ne penses pas que l'un de nous devrait rester, histoire de surveiller jusqu'à ce que la police arrive?

– Oui, tu as raison. Reste, et je monte vite téléphoner.

Donovan gravit rapidement l'escalier et sonna à la porte de l'étage au-dessus. Pat vint lui ouvrir, un joli tablier noué autour de la taille. Ses yeux exprimèrent la surprise.

— Toi? Mais comment... Donovan, qu'y a-t-il? Que se passe-t-il?

Il lui prit les deux mains dans la sienne :

— Ne t'inquiète pas... Simplement, nous avons fait une découverte déplaisante dans l'appartement du dessous. Une femme... morte.

— Oh! haleta-t-elle. Mais c'est horrible! Elle a eu une crise ou quoi?

— Non. On dirait... Bref, on dirait plutôt qu'elle a été assassinée.

— Oh! Donovan...

— Oui, je sais, je sais...

Il tenait encore ses deux mains dans la sienne et elle ne cherchait pas à les retirer, bien au contraire. Chère Pat... Comme il l'aimait! Mais se souciait-elle de lui? Parfois, il avait l'impression de ne pas lui être du tout indifférent, mais à d'autres moments, il craignait que Jimmy Faulkener... Du coup, il se rappela que Jimmy l'attendait à l'étage au-dessous et se sentit coupable.

— Pat, ma chérie, il nous faut téléphoner à la police.

— Monsieur a raison, dit une voix derrière lui. Et entre-temps, pendant que nous attendrons l'arrivée de la police, peut-être pourrai-je vous être de quelque secours.

Les deux jeunes gens étaient demeurés sur le seuil de l'appartement et ils tournèrent la tête vers le palier. Quelqu'un se tenait sur les marches, légèrement au-dessus d'eux, qui se mit à descendre pour les rejoindre.

Ils considérèrent avec stupeur ce petit homme à la moustache agressive et au crâne en forme d'œuf.

Il arborait une splendide robe de chambre et des pantoufles brodées.

– Mademoiselle, dit-il en s'inclinant galamment devant Patricia, comme vous le savez peut-être, j'habite au-dessus de vous. J'aime les hauteurs... On a plus d'air... et puis cette vue sur Londres! J'ai loué cet appartement sous le nom de O'Connor, mais je ne suis pas irlandais. J'ai un autre nom, et c'est la raison pour laquelle je me permets de vous offrir mes services.

D'un geste large, il sortit une carte de sa poche et la tendit à Pat qui lut à haute voix :

– Hercule Poirot... Oh! fit-elle en ouvrant de grands yeux. Vous êtes le célèbre M. Poirot? Le grand détective? Et vous êtes vraiment prêt à nous aider?

– Oui, mademoiselle. Plus tôt dans la soirée, j'ai déjà failli vous proposer mon concours.

Pat le regarda, déconcertée.

– Je vous entendais discuter du moyen de pénétrer dans votre appartement. Or, je m'entends très bien à crocheter les serrures. J'aurais pu, sans aucun doute, ouvrir votre porte, mais j'ai hésité à vous le proposer. Cela eût pu faire naître en vous les plus graves soupçons.

Pat rit et Poirot poursuivit, à l'adresse de Donovan :

– A présent, monsieur, entrez donc et téléphonez à la police. Je vais chez la voisine du dessous.

Pat descendit l'escalier avec lui et ils trouvèrent Jimmy montant la garde. Pat expliqua la présence de Poirot. En retour, Jimmy relata à Poirot leur mésaventure à Donovan et lui. Le détective l'écouta avec attention.

– Vous dites que la porte du monte-charge n'était

pas verrouillée? Et quand vous avez pénétré dans la cuisine, l'électricité n'a pas fonctionné...

Tout en parlant, le détective s'était dirigé vers la cuisine où il actionna le commutateur.

— Tiens! Voilà qui est curieux! dit-il comme la pièce s'éclairait. Maintenant, ça fonctionne parfaitement. Je me demande...

Il s'interrompit en élevant la main pour imposer silence, et prêta l'oreille. Un léger bruit émergeait du silence et il s'agissait indubitablement de quelqu'un qui ronflait.

— Ah! fit Poirot. La chambre de domestique.

Tous les appartements de l'immeuble ayant la même disposition, il traversa la cuisine sur la pointe des pieds, jusqu'à un minuscule office où il ouvrit une porte en donnant la lumière. Cette pièce était le genre de niche à chien que les architectes, lorsqu'ils conçoivent un appartement, estiment pouvoir convenir au personnel ancillaire pour y dormir. Le lit en occupait presque tout l'espace disponible et, étendue sur ce lit, une fille aux joues roses ronflait placidement.

Eteignant aussitôt, Poirot battit en retraite.

— Laissons-la dormir jusqu'à ce que la police soit là. Elle ne va pas se réveiller.

Il retourna dans le salon, où Donovan ne tarda pas à les rejoindre.

— La police va arriver d'un instant à l'autre, annonça-t-il, hors d'haleine. Ils ont dit de ne toucher à rien.

— Nous ne toucherons à rien, acquiesça Poirot. Nous nous contenterons de regarder.

Mildred était descendue avec Donovan. Depuis le seuil de la pièce, en proie à un intérêt grandissant, les quatre jeunes gens regardèrent agir le détective.

– Ce que je ne peux pas comprendre, monsieur, dit Donovan, c'est que je ne me suis pas approché de la fenêtre... Alors, comment ai-je pu avoir du sang sur ma main?

– La réponse, mon jeune ami, est devant vous. De quelle couleur est ce tapis de table? Rouge, n'est-ce pas? Et vous avez dû appuyer votre main sur cette table?

– Oui, en effet. Serait-ce que...

Le jeune homme n'acheva pas, Poirot ayant acquiescé d'un hochement de tête. De la main, il indiqua une large tache sur le tapis rouge.

– C'est ici que le crime a été commis, énonça-t-il d'un ton solennel. Ensuite, le corps a été déplacé.

Se redressant, le détective regarda lentement autour de lui. Il ne bougea pas, ne toucha rien, mais les quatre jeunes gens qui l'observaient eurent le sentiment que plus aucun objet se trouvant dans la pièce n'avait le moindre secret pour lui.

Hercule Poirot hocha de nouveau la tête, d'un air satisfait, et exhala un léger sourire.

– Je vois, dit-il.

– Vous voyez quoi? s'enquit Donovan avec curiosité.

– Je vois, dit Poirot, ce dont vous avez certainement conscience, et c'est que cette pièce regorge de meubles.

Donovan ne put s'empêcher de sourire :

– Oui, c'est pourquoi je n'arrêtais pas de me cogner. Evidemment, tout est à une autre place que dans le salon de Pat et je n'arrivais pas à me repérer...

– Pas tout, non, dit Poirot.

Donovan le regarda d'un air interrogateur.

– Je veux dire, reprit Poirot d'un ton d'excuse, que certaines choses sont au même endroit dans tous les appartements de l'immeuble : la porte, les fenêtres, la cheminée, sont exactement situées à la même place que ce soit dans l'appartement du dessus ou celui du dessous.

– N'est-ce pas là un peu couper les cheveux en quatre? intervint Mildred d'un ton vaguement désapprobateur.

– On doit toujours s'exprimer avec le maximum de précision, rétorqua Poirot. Chez moi, c'est devenu une véritable manie.

A ce moment, il y eut un bruit de pas dans l'escalier et trois hommes firent leur entrée : un inspecteur de police, accompagné d'un agent et du médecin légiste. L'inspecteur connaissait Poirot et le salua presque avec révérence, puis il se tourna vers les autres :

– Je vais recueillir vos dépositions, commença-t-il, mais avant tout...

– Permettez-moi une petite suggestion, l'interrompit Poirot. Nous allons retourner dans l'appartement du dessus où Mademoiselle, ici présente, fera ce qu'elle s'apprêtait à faire : une omelette. Je raffole des omelettes. Et quand vous aurez terminé ici, monsieur l'inspecteur, vous n'aurez qu'à monter nous interroger tout à loisir.

L'inspecteur ayant abondé dans ce sens, Poirot remonta avec les quatre jeunes gens.

– Monsieur Poirot, dit Pat, vous êtes vraiment charmant! Et vous allez avoir une belle omelette. Tout le monde s'accorde à dire que je les réussis à la perfection!

– Je m'en réjouis, mademoiselle. Naguère je

m'étais épris d'une ravissante jeune fille anglaise, qui vous ressemblait beaucoup mais, hélas! elle ne savait pas cuisiner. Aussi tout est-il peut-être mieux ainsi...

Une légère tristesse avait percé dans la voix du détective, que Jimmy Faulkener regarda avec curiosité. Mais, une fois de retour dans l'appartement de Pat, Poirot ne songea plus qu'à plaire et amuser, si bien que la tragédie de l'étage au-dessous fut presque oubliée.

L'omelette avait été dégustée avec force compliments, lorsque l'inspecteur Rice survint en compagnie du médecin, ayant laissé l'agent en bas.

– Ma foi, monsieur Poirot, déclara-t-il, ça me paraît clair et net... Pas du tout le genre d'affaires dont vous vous occupez, encore que nous aurons certainement du mal à attraper notre homme. A présent, je voudrais juste savoir dans quelles conditions a été faite cette macabre découverte.

A eux deux, Jimmy et Donovan firent le récit des événements, et le policier se tourna vers Pat d'un air de reproche :

– Vous ne devriez jamais omettre de verrouiller la porte de votre monte-charge, mademoiselle. Jamais!

– Oh! je ne le ferai plus! assura Pat en frissonnant. Quelqu'un pourrait entrer par là et m'assassiner comme cette pauvre femme!

– Ah! mais ce n'est pas par là qu'on est entré, rectifia l'inspecteur.

– Alors, racontez-nous donc ce que vous avez découvert! suggéra Poirot d'un ton engageant.

– Je ne sais vraiment pas si je dois... Mais puisqu'il s'agit de vous, monsieur Poirot...

– Exactement, approuva Poirot. Et ces jeunes gens sauront tenir leurs langues.

– De toute façon, les journaux ne tarderont guère à être informés et il n'y a rien de vraiment secret en l'occurrence, dit alors Rice. La défunte est bien Mrs Grant. J'ai fait monter le concierge, qui l'a identifiée. Une femme d'environ trente-cinq ans. Elle était assise à la table et a été tuée à l'aide d'un automatique de petit calibre, probablement par quelqu'un lui faisant face de l'autre côté de la table. Elle est tombée en avant et c'est ainsi que le tapis de table a été taché de sang.

– Mais quelqu'un ne pouvait-il entendre la détonation? s'étonna Mildred.

– L'arme était munie d'un silencieux, et si vous aviez été là, vous n'auriez perçu aucun bruit. Au fait, avez-vous entendu le cri poussé par la bonne lorsque nous lui avons appris que sa patronne était morte? Non. Eh bien, cela confirme ce que je viens de vous dire.

– La bonne n'a rien pu vous apprendre? demanda Poirot.

– C'était sa soirée de sortie et elle a sa clef. Elle est rentrée vers 10 heures. Tout était tranquille. Elle a pensé que sa patronne était couchée.

– Elle n'a donc pas regardé dans le salon?

– Si : elle y a déposé des lettres arrivées au courrier du soir, mais elle n'a rien remarqué d'insolite... Pas plus que Mr Faulkener et Mr Bailey, l'assassin ayant assez bien dissimulé le corps derrière les doubles rideaux.

– Mais n'est-ce pas là une curieuse réaction de sa part?

Poirot avait parlé d'une voix très douce.

– Il ne voulait pas que le meurtre risque d'être découvert avant qu'il ait réussi à s'enfuir.

– Peut-être... Peut-être... Mais, je vous en prie, continuez ce que vous étiez en train de dire, inspecteur.

– La bonne était sortie tantôt, à 17 heures. D'après le docteur, la mort remonte à quatre ou cinq heures... C'est bien ça, n'est-ce pas?

Le médecin, d'un naturel taciturne, se contenta d'acquiescer d'un signe de tête.

– Il est actuellement minuit moins le quart. On devrait donc arriver à déterminer de façon assez précise l'heure du crime.

Rice tendit à Poirot une feuille de papier froissée.

– Nous l'avons trouvée dans une poche de la robe portée par la victime. Vous pouvez le manipuler sans crainte. Nous n'y avons relevé aucune empreinte digitale.

Poirot lissa machinalement la feuille, sur laquelle était écrit en petits caractères d'imprimerie :

JE VIENDRAI CE SOIR
A 7 HEURES ET DEMIE - J.F.

– Un document bien compromettant pour le laisser derrière soi, fit remarquer Poirot en rendant le message au policier.

– Il ne savait pas qu'elle l'avait dans sa poche. Il a probablement pensé qu'elle l'avait détruit. Nous avons toutefois la preuve qu'il s'agit d'un homme extrêmement prudent car le pistolet, que nous avons découvert sous le corps de la victime, ne présente lui non plus aucune empreinte. Elles ont été soigneusement effacées à l'aide d'un mouchoir de soie.

– Comment savez-vous que c'est avec un mouchoir de soie? questionna Poirot.

– Parce que nous l'avons trouvé! s'exclama triomphalement l'inspecteur. C'est lorsqu'il a finalement fermé les rideaux, que l'assassin a dû le perdre sans s'en apercevoir.

Le policier tendit à Poirot une grande pochette en soie blanche, de très belle qualité. Poirot n'eut pas besoin que Rice lui montre le nom inscrit à l'encre indélébile tout près de l'ourlet.

– *John Fraser.*

– Oui, opina Rice, John Fraser... Le J.F. du billet. Nous connaissons le nom de l'homme qu'il nous faut rechercher; aussi je pense que lorsque nous en saurons un peu plus sur la victime et ses relations, nous ne devrions pas avoir trop de peine à retrouver sa piste.

– Je me le demande, fit Poirot. Non, mon cher, quelque chose me dit qu'il ne sera pas si facile à retrouver, votre John Fraser. C'est un homme étrange : très méticuleux, puisqu'il marque ses mouchoirs à son nom et essuie soigneusement le pistolet avec lequel il vient de commettre un meurtre... Mais néanmoins négligent au point de ·perdre ce mouchoir sans s'en apercevoir et omettre de rechercher une lettre qui est susceptible de l'incriminer.

– Il s'est probablement affolé après l'avoir tuée, dit l'inspecteur.

– C'est possible... Oui, c'est possible, estima Poirot. Et on ne l'a pas vu entrer dans l'immeuble?

– Oh! vous savez, des immeubles comme celui-ci sont pleins d'allées et venues... surtout à ces heures-là. Je suppose qu'aucun de vous, poursuivit Rice à l'adresse des quatre jeunes gens, n'a vu quelqu'un sortir de l'appartement de la victime?

Pat secoua la tête:

– Nous sommes partis plus tôt... aux alentours de 7 heures.

– Je vois...

L'inspecteur se leva et Poirot l'accompagna jusqu'à la porte.

– Puis-je vous demander une petite faveur? La permission d'examiner l'appartement du crime...

– Mais bien sûr, monsieur Poirot. Je n'ignore pas combien vous êtes estimé de mes supérieurs. Je vous laisse une clef, car j'en ai deux, vu que la bonne est partie chez des amis, ayant trop peur de rester seule ici.

– Merci, dit Poirot avant de réintégrer l'appartement de Pat.

– Vous n'êtes pas satisfait, monsieur Poirot? s'enquit Jimmy.

– Non, je ne suis pas satisfait.

Donovan regarda le détective avec curiosité:

– Qu'est-ce qui... euh... vous tracasse?

Poirot ne répondit pas. Il demeura silencieux durant une minute ou deux, le sourcil froncé, comme absorbé dans ses pensées. Puis il eut un haussement d'épaules impatienté et dit:

– Je vais me retirer, mademoiselle. Vous devez être fatiguée. Vous avez eu beaucoup de cuisine à faire, hein?

– Oh! seulement cette omelette, répondit Pat en riant. Je n'ai pas eu à m'occuper du dîner: Donovan et Jimmy sont venus nous chercher pour nous emmener dans un petit restaurant de Soho.

– Après quoi, vous êtes probablement allés au théâtre?

– Oui, voir *Les yeux noirs de Caroline*.

– Ah! fit Poirot. Ils auraient dû être bleus... comme les vôtres, mademoiselle.

Il dit bonsoir à Pat ainsi qu'à Mildred, laquelle allait passer la nuit chez son amie, celle-ci avouant franchement qu'elle serait malade de peur s'il lui fallait rester seule ce soir-là.

Les deux garçons partirent avec Poirot. Une fois sur le palier, ils s'apprêtaient à prendre congé du détective lorsqu'ils en furent empêchés par Poirot disant :

– Mes jeunes amis, vous m'avez entendu déclarer que je n'étais pas satisfait, et c'est la pure vérité. Je m'en vais donc me livrer à une petite enquête personnelle... Vous plairait-il de vous joindre à moi?

Les autres ayant acquiescé avec empressement, Poirot descendit à l'étage du dessous et ouvrit la porte de l'appartement avec la clef que lui avait donnée l'inspecteur.

En entrant, contrairement à ce que s'attendaient ses compagnons, il n'alla pas dans le salon, mais gagna directement la cuisine. Dans un minuscule réduit tenant lieu d'arrière-cuisine, se trouvait une poubelle métallique, dont Poirot se mit à fouiller le contenu avec l'ardeur d'un fox-terrier, tandis que ses compagnons le regardaient d'un air ahuri.

Soudain Poirot émit un cri de triomphe et se redressa, tenant à la main un petit flacon bouché.

– Voilà! J'ai trouvé ce que je cherchais.

Il renifla délicatement autour du bouchon.

– Malheureusement, je suis enrhumé et j'ai le nez bouché...

Donovan lui prit le flacon des mains et renifla à son tour, sans déceler aucune odeur. Otant alors le bouchon, il passa le flacon sous son nez avant que le cri de Poirot ait pu l'en empêcher.

Immédiatement ses jambes fléchirent et le détective eut juste le temps de le retenir pour qu'il ne tombe point par terre.

– L'imbécile! pesta Poirot. A-t-on idée d'ôter le bouchon comme ça? J'avais pourtant montré l'exemple en maniant ce flacon avec beaucoup de précaution... N'est-ce pas, Mr... Faulkener? Voulez-vous aller me chercher un peu de cognac? J'en ai vu une bouteille dans le salon.

Jimmy se précipita, mais quand il revint, Donovan était assis sur une chaise de la cuisine et déclarait se sentir de nouveau très bien. Poirot l'admonesta, en soulignant qu'il fallait toujours se montrer extrêmement prudent si l'on ne veut pas risquer d'inhaler ainsi une substance nocive.

– Je crois que je vais rentrer chez moi, déclara Donovan en se mettant laborieusement debout. A moins que vous n'ayez encore besoin de moi, bien sûr? Je me sens quand même un peu patraque...

– Mais oui, dit Poirot, c'est le mieux que vous ayez à faire. Mr Faulkener, voulez-vous m'attendre ici un instant? Je reviens tout de suite.

Le détective accompagna Donovan jusque sur le palier, où ils demeurèrent quelques minutes à parler. Lorsque Poirot retourna à l'intérieur de l'appartement, il trouva Jimmy debout au milieu du salon, regardant autour de lui d'un air intrigué.

– Bon, monsieur Poirot... Que faisons-nous maintenant?

– Rien. L'affaire est terminée.

– Comment ça?

– A présent, je sais tout.

Jimmy le regarda :

– A cause de la petite bouteille que vous avez trouvée?

– Oui exactement.

Jimmy secoua la tête :

– Je n'y comprends rien... Je vois seulement que, pour une raison quelconque, vous n'êtes pas convaincu par les preuves relevées contre ce John Fraser... quel qu'il puisse être.

– Quel qu'il puisse être, répéta doucement Poirot. A vrai dire, si c'est quelqu'un, j'en serai fort surpris.

– Que voulez-vous dire?

– Ce n'est qu'un nom... Un nom soigneusement inscrit sur un mouchoir.

– Et la lettre?

– Avez-vous remarqué qu'elle était écrite en caractères d'imprimerie? Pour quelle raison? Je m'en vais vous le dire. On peut reconnaître une écriture, et la frappe d'une machine à écrire est beaucoup plus aisément identifiable que vous ne l'imagineriez... Mais ce n'est pas pour ces raisons que le billet a été écrit de la sorte. Non, cela a été fait à dessein, tout comme on l'a fourré dans la poche de la victime pour que nous l'y découvrions. John Fraser n'existe pas.

Jimmy le regarda d'un air interrogateur et Poirot continua :

– Je me reporte à la première constatation que j'ai faite ce soir... Vous m'avez entendu dire que certaines choses se trouvaient au même endroit dans les différents appartements de cet immeuble, et j'ai donné trois exemples. J'aurais pu en ajouter un quatrième, mon jeune ami : le commutateur électrique.

Jimmy le regardant toujours sans comprendre, Poirot poursuivit :

— Votre ami Donovan ne s'est pas approché de la fenêtre. C'est en appuyant sa main sur cette table qu'il l'a ensanglantée. Mais, me suis-je immédiatement demandé, pourquoi l'a-t-il appuyée là? Que faisait-il à tâtonner ainsi dans l'obscurité? Car, rappelez-vous qu'un commutateur électrique se trouve toujours au même endroit : à côté de la porte. Alors pourquoi, au moment d'entrer dans cette pièce, n'a-t-il pas cherché le commutateur pour allumer? C'était le réflexe naturel, normal. Selon lui, il avait voulu allumer dans la cuisine sans y parvenir. Pourtant lorsque j'ai essayé ensuite le commutateur, tout a parfaitement fonctionné. Serait-ce alors que Donovan ne tenait pas à ce qu'on pût y voir tout de suite? Car s'il avait allumé, vous auriez immédiatement constaté que vous vous étiez trompés d'appartement et vous n'auriez eu aucune raison d'aller dans le salon.

— Où voulez-vous en venir, monsieur Poirot? Je ne comprends pas... De quoi s'agit-il?

— De ceci.

Et Poirot d'exhiber une clef Yale.

— C'est la clef de cet appartement?

— Non, mon ami, la clef de celui du dessus. La clef de miss Patricia, que Mr Donovan Bailey avait subtilisée dans son sac au cours de la soirée.

— Mais pourquoi... *pourquoi*?

— Pour faire ce qu'il voulait, parbleu! Pénétrer dans cet appartement-ci sans que cela incite au soupçon. Bien entendu, il avait eu soin, plus tôt dans la soirée, de tirer le verrou fermant la porte du monte-charge.

— Où avez-vous trouvé cette clef?

Le sourire de Poirot s'accentua :

– Où je la cherchais : dans la poche de Mr Donovan. Voyez-vous, ce flacon que j'ai feint de découvrir était un piège et Mr Donovan s'y est laissé prendre. Il a fait exactement ce que j'escomptais : débouchant le flacon, il en a respiré le contenu. Or, cette petite bouteille contenait de l'éther chlorhydrique, qu'on utilise comme anesthésique immédiat dans les opérations de petite chirurgie. Cela lui a procuré les quelques instants d'inconscience dont j'avais besoin. J'ai pris dans sa poche les deux choses que je savais devoir s'y trouver. L'une était cette clef... l'autre...

Poirot s'interrompit, puis reprit :

– Si vous vous rappelez, j'ai mis en doute la raison avancée par l'inspecteur pour justifier que le cadavre ait été dissimulé derrière les doubles rideaux. Afin de gagner du temps? Non, ce ne pouvait pas être pour cette seule raison. Et c'est alors qu'il m'est venu une idée : le courrier. Le courrier du soir arrive vers 9 heures et demie environ. Disons donc que l'assassin n'a pas trouvé quelque chose qui aurait dû être là, mais qui pouvait encore arriver par le dernier courrier. Il serait donc dans l'obligation de revenir. Mais il ne faut pas que la bonne, à son retour, découvre le meurtre et que la police occupe les lieux. Pour cela, il cache le corps derrière les rideaux, et, ne se doutant de rien, la bonne laisse le courrier sur la table, comme à son habitude.

– Les lettres?

– Oui, les lettres.

Poirot fouilla dans sa poche :

– Voici, dit-il, la seconde chose que j'ai subtilisée à Mr Donovan durant qu'il était inconscient.

Et de montrer une enveloppe dactylographiée, adressée à Mrs Ernestine Grant.

– Toutefois, avant que nous prenions connaissance du contenu de cette enveloppe, Mr Faulkener, je vais vous poser une question. Etes-vous ou non amoureux de miss Patricia?

– Follement... mais je n'ai jamais pensé avoir la moindre chance.

– Vous la croyiez éprise de Mr Donovan? Il est possible qu'elle ait commencé à s'engouer de lui... mais ce n'était qu'un commencement, mon jeune ami. Il vous appartient de le lui faire oublier... en étant à ses côtés dans les ennuis qu'elle va avoir.

– Les ennuis? répéta vivement Jimmy.

– Oui. Nous ferons tout notre possible pour la tenir en dehors de l'affaire, mais nous ne pourrons y réussir totalement. Pour la bonne raison qu'elle en est le mobile.

Poirot décacheta l'enveloppe, d'où il sortit un document auquel était jointe une brève missive, émanant d'un cabinet d'avocats et ainsi conçue.

Chère madame,

Le document ci-joint est parfaitement régulier, et le fait que le mariage ait eu lieu dans un pays étranger n'empêche aucunement qu'il soit valable.

Veuillez croire etc.

Poirot déplia le document en question. C'était un certificat de mariage, datant de huit ans, et relatif à l'union de Donovan Bailey avec Ernestine Grant.

– Mon Dieu! s'exclama Jimmy. Pat nous a dit avoir reçu une lettre de cette femme qui demandait à la voir, mais elle n'imaginait certainement pas qu'il pût s'agir de quelque chose d'important.

– Mr Donovan le savait, lui. Il est donc allé chez sa femme ce soir, avant de se rendre dans l'appartement du dessus. Quelle ironie du sort, soit dit en passant, que cette malheureuse femme soit venue habiter l'immeuble où vivait sa rivale. Donovan l'a tuée de sang-froid, puis s'en est allé passer une joyeuse soirée en votre compagnie. Sa femme avait dû lui dire avoir envoyé le certificat de mariage à ses avocats et attendre leur réponse. Très probablement, il avait cherché à lui faire croire que leur mariage n'était pas valable.

– Et dire qu'il a paru si plein d'entrain tout au long de la soirée! dit Jimmy en frissonnant. Vous ne l'avez pas laissé fuir, monsieur Poirot?

– Il n'y a plus pour lui de fuite possible, déclara gravement Poirot. Vous n'avez rien à craindre.

– C'est surtout à Pat que je pense, dit Jimmy. Vous ne croyez pas que... qu'elle ait été sincèrement éprise?

– Mon ami, lui répondit Poirot avec beaucoup de douceur, là, c'est à vous de jouer. Il vous appartient de la conquérir pour qu'elle oublie... Je suis convaincu que vous y parviendrez sans trop de difficulté.

L'ENLÈVEMENT DE JOHNNIE WAVERLY
(*The adventure of Johnnie Waverly*)

– Vous comprenez les sentiments d'une mère! dit Mrs Waverly pour la sixième fois, en attachant sur Poirot un regard implorant.

Aucune détresse maternelle ne pouvait laisser mon ami insensible et il eut un geste rassurant :

– Mais oui, mais oui, je les comprends parfaitement. Faites confiance à Hercule Poirot.

– La police..., commença Mr Waverly.

Mais sa femme l'interrompit aussitôt :

– Je ne veux plus avoir affaire avec la police. Nous leur avons fait confiance, et voyez ce qui est arrivé! Mais j'ai tellement entendu parler de M. Poirot et des prodiges réussis par lui que je le crois en mesure de nous aider. Les sentiments d'une mère...

Poirot eut un geste éloquent pour l'empêcher de revenir sur ce sujet. L'émotion de Mrs Waverly était sans aucun doute sincère, mais elle jurait curieusement avec sa dureté apparente. Lorsque j'appris plus tard qu'elle était la fille d'un des plus importants propriétaires d'aciéries de Birmingham, lequel avait débuté dans les affaires comme garçon de bureau avant de parvenir à son éminente situation actuelle, je compris qu'elle avait hérité maintes qualités de son père.

Mr Waverly était un homme robuste, au visage coloré et jovial. Campé sur ses jambes largement écartées, il incarnait à la perfection le châtelain du village.

– Je suppose que vous savez tout de cette affaire, monsieur Poirot?

La question était presque superflue. Depuis plusieurs jours, la presse étalait en première page le sensationnel kidnapping du petit Johnnie Waverly qui, âgé de trois ans, était le fils de Marcus Waverly, Esq., de Waverly Court dans le Surrey, une des plus vieilles familles d'Angleterre.

– J'en connais, bien sûr, les éléments principaux, répondit Poirot. Mais je vous demande de me raconter toute l'histoire, monsieur, et en détail, je vous prie.

– Eh bien, tout me semble avoir commencé voici une dizaine de jours, lorsque je reçus une lettre anonyme, genre de correspondance toujours odieux mais auquel, en l'occurrence, je ne compris rien. L'expéditeur avait l'impudence d'exiger le versement de vingt-cinq mille livres... Vous vous rendez compte, monsieur Poirot : vingt-cinq mille livres! Faute de quoi, il menaçait d'enlever Johnnie. Bien entendu, j'ai jeté ce torchon au panier sans m'y attarder davantage, pensant qu'il s'agissait de quelque plaisanterie stupide. Cinq jours plus tard, je reçus une autre lettre : « *Si vous ne payez pas, votre fils sera enlevé le 29.* » Nous étions alors le 27. Ada s'inquiétait, mais je n'arrivais pas à prendre la menace au sérieux. Nous sommes en Angleterre, que diable! Personne n'y enlève des enfants en ne les libérant que contre versement d'une rançon.

– Certes, ça n'y est pas courant, opina Poirot. Continuez, monsieur.

– Comme Ada ne me laissait pas de répit, et bien que j'eusse le sentiment de me conduire comme un idiot, je mis Scotland Yard au courant. Ils ne parurent pas beaucoup s'émouvoir, inclinant à penser comme moi qu'il s'agissait d'une mauvaise plaisanterie. Et le 28, je reçus une troisième lettre : « *Vous n'avez pas payé. Votre fils vous sera enlevé demain, le 29, à midi. Il vous en coûtera cinquante mille livres pour le récupérer.* » Je me rendis aussitôt à Scotland Yard. Cette fois, ils parurent nettement plus impressionnés. Leur sentiment fut que ces lettres étaient l'œuvre d'un dément, et que selon toute probabilité une tentative d'enlèvement quelconque aurait lieu à l'heure dite. Ils m'assurèrent qu'ils allaient faire tout le nécessaire. L'inspecteur McNeil viendrait le lendemain à Waverly avec un détachement de policiers et ils prendraient l'affaire en main.

» Je rentrai chez moi, l'esprit beaucoup plus tranquille, mais nous avions l'impression d'être déjà en état de siège. Je donnai des ordres pour que personne ne quitte la maison et que nul n'y soit admis. La soirée se passa sans incident, mais le lendemain matin, ma femme se trouva gravement souffrante. Alarmé par son état, je fis venir le Dr Dakers, lequel fut déconcerté par les symptômes qu'elle présentait. Bien qu'il hésitât à le dire, je compris qu'il pensait qu'elle avait dû être empoisonnée. Il m'assura que ça n'était rien de grave, mais qu'il faudrait compter un jour ou deux avant qu'elle fût complètement rétablie. Retournant dans ma chambre un moment plus tard, j'eus la surprise de découvrir un papier épinglé à mon oreiller. Le message était de la même main que les autres et ne contenait que ces deux mots : « *A midi.* »

» Alors, je ne vous le cache pas, monsieur Poirot, j'ai vu rouge! Quelqu'un de la maison... un des domestiques... était dans le coup. Mais j'eus beau les agonir d'injures, aucun d'eux ne craqua ni ne dénonça un collègue. Seule miss Collins, la secrétaire de ma femme, dit avoir vu la nurse de Johnnie descendre l'allée de très bonne heure ce matin-là. Accusée, la nurse s'effondra : elle avait effectivement laissé l'enfant à la femme de chambre le temps d'aller rejoindre quelqu'un aux abords de la propriété... Un homme. C'était du joli! Mais elle nia avoir épinglé le mot à mon oreiller et elle était peut-être sincère. En tout cas, j'estimai ne pouvoir courir le risque que la propre nurse de l'enfant fît partie du complot car, de toute évidence, un des domestiques était complice. Je finis par m'emporter et je les congédiai tous sur-le-champ, leur donnant une heure pour préparer leurs affaires et vider les lieux.

Le visage déjà coloré de Mr Waverly s'était empourpré encore davantage au souvenir de sa juste colère.

– N'était-ce pas plutôt mal avisé, monsieur? risqua Poirot. Pour ce que vous en saviez, vous pouviez faire ainsi le jeu de l'adversaire.

Mr Waverly le regarda fixement :

– Je ne le pense pas. Le complice était du nombre, forcément. Et je téléphonai à Londres qu'on m'envoyât des remplaçants pour le soir même. Entre-temps, il ne resterait dans la maison que des personnes de toute confiance : miss Collins, la secrétaire de ma femme, et Tredwell, le maître d'hôtel, qui était déjà au service de ma famille quand j'étais tout enfant.

– Et cette miss Collins, depuis quand l'employez-vous?

– Un an, répondit Mrs Waverly. Non seulement elle est pour moi une secrétaire d'excellente compagnie, mais elle remplit à la perfection les fonctions de gouvernante.

– La nurse?

– Cela faisait six mois qu'elle était chez nous. Elle est venue nantie de très bonnes références. En dépit de quoi, je ne me suis jamais bien entendu avec elle; mais Johnnie lui vouait une véritable dévotion.

– De toute façon, je suppose qu'elle n'était déjà plus là lorsque le drame s'est produit. Voulez-vous avoir l'amabilité de poursuivre votre récit, Mr Waverly?

– Eh bien, l'inspecteur McNeil est arrivé à 9 heures et demie. A ce moment, les domestiques étaient tous partis. Il se déclara satisfait des dispositions prises par moi et posta plusieurs de ses hommes dans le parc afin de surveiller toutes les approches de la maison. Il me dit que si cette affaire ne relevait pas de la mystification, nous allions très certainement attraper mon mystérieux correspondant.

» J'avais Johnnie avec moi et, en compagnie de l'inspecteur, nous allâmes tous trois dans la pièce que nous appelons La Salle du Conseil, dont McNeil verrouilla la porte. Il y a là une grande horloge à gaine dont les aiguilles se rapprochaient de midi. Je ne vous cache pas que je me sentais extrêmement nerveux. Il y a eu un déclic et l'horloge s'est mise à sonner. J'ai serré Johnnie contre moi, comme si quelqu'un allait nous tomber dessus. Le douzième coup venait d'être sonné quand il y eut au-dehors un soudain brouhaha : un bruit de course précipitée mêlé de cris. L'inspecteur ouvrit la fenêtre et un des agents s'approcha en courant :

» – Nous l'avons attrapé, monsieur! dit-il, hors d'haleine. Il se cachait dans les buissons. Il avait tout préparé pour l'enlèvement!

» Nous nous précipitâmes sur la terrasse où deux policiers tenaient solidement une sorte de rufian mal vêtu, qui se débattait comme un beau diable. Un des agents tendit un paquet ouvert qu'ils avaient pris à leur captif. Il contenait du coton hydrophile et une bouteille de chloroforme, dont la vue me mit le sang en ébullition. Il y avait aussi une lettre, qui m'était adressée. Je la décachetai et y trouvai un message ainsi conçu : « *Vous auriez dû payer. Il vous en coûtera maintenant cinquante mille livres pour revoir votre fils. En dépit de toutes vos précautions, il a été enlevé aujourd'hui à midi, comme je vous l'avais dit.* »

» J'éclatai de rire, un grand rire de soulagement, mais au même instant j'entendis un bruit de moteur et un cri, qui me firent tourner la tête. Je vis, roulant à toute vitesse vers la grille sud, une longue voiture grise et basse. C'était son conducteur qui avait crié en agitant le bras. Mais ce qui me pétrifia d'horreur fut d'apercevoir les boucles blondes de mon fils. Johnnie était dans la voiture, assis à côté de lui.

» – L'enfant était ici il n'y a pas une minute! s'exclama l'inspecteur en nous balayant du regard, miss Collins, Tredwell et moi. Quand l'avez-vous vu pour la dernière fois, Mr Waverly?

» J'essayai de me rappeler. Lorsque l'agent nous

avait appelés à la fenêtre, je m'étais précipité au-dehors en compagnie de l'inspecteur, sans plus m'inquiéter de Johnnie.

» C'est alors que nous entendîmes quelque chose qui nous fit tous sursauter : l'heure sonnait au clocher de l'église. Poussant une exclamation, l'inspecteur sortit sa montre, qui marquait midi juste. Une même impulsion nous fit regagner en courant la Salle du Conseil, dont l'horloge était à midi 10. Quelqu'un avait dû y toucher, car je ne l'avais encore jamais vue avancer ou retarder d'une seule minute.

Mr Waverly se tut et, tout en souriant, Poirot remit en place un petit tapis que les pieds du père anxieux avaient malmené.

— Un joli problème, d'une très plaisante obscurité, apprécia-t-il. Tout a vraiment été conçu à merveille et c'est avec joie que je vais m'occuper de cette affaire.

— Mais mon fils? gémit Mrs Waverly en le regardant d'un air de reproche.

Cessant aussitôt de sourire, Poirot redevint l'image même de la compassion :

— Il ne risque rien, madame, et il ne lui a été fait aucun mal. Soyez sûre que ces bandits auront le plus grand soin de lui. N'est-il pas pour eux, en quelque sorte, la poule aux œufs d'or?

— Monsieur Poirot, je suis convaincue qu'il y a une seule chose à faire : payer. Dès le début, j'étais opposée à... Les sentiments d'une mère...

— Mais nous avons interrompu le récit de votre mari, se hâta de dire Poirot.

— Je pense que les journaux ne vous ont rien laissé ignorer du reste, dit Mr Waverly. Bien entendu, l'inspecteur McNeil s'est aussitôt précipité sur le téléphone. Le signalement de l'homme comme de la voiture a été immédiatement diffusé et, très vite, nous avons cru que tout allait s'arranger. Une voiture répondant à la description donnée et ayant à son bord un homme accompagné d'un petit garçon, avait été vue traversant plusieurs villages en direction de Londres. A un endroit où ils s'étaient arrêtés, on avait remarqué que l'enfant pleurait et paraissait craindre son compagnon. Quand l'inspecteur McNeil nous annonça ensuite que la voiture en question avait été interceptée, que la police détenait l'homme et l'enfant, j'en ai été presque malade de joie. Vous connaissez la suite. L'enfant n'était pas Johnnie et le conducteur, qui adorait les gosses, l'ayant vu jouer dans une rue d'Edenswell, à une vingtaine de kilomètres de la propriété, lui avait proposé de faire une balade en voiture. Du fait de cette erreur commise par la police, nous avions perdu toute trace du ravisseur. S'ils ne s'étaient pas obstinés à poursuivre cette autre voiture, à l'heure actuelle mon fils aurait été retrouvé!

– Calmez-vous, monsieur. Les policiers sont courageux et intelligents. L'erreur qu'ils ont commise est bien excusable. De toute façon, le plan avait été remarquablement conçu. Quant au vagabond appréhendé dans votre parc, si je me rappelle bien ce que j'ai lu, il a déclaré qu'on lui avait remis la lettre et le paquet pour les porter à Waverly Court. L'homme qui l'a chargé de cette commission lui a donné un billet de dix shillings et lui en a promis un autre si la livraison était effectuée à midi moins dix très exactement. Il lui avait été dit de frapper à la porte de côté.

– Je n'en crois pas un mot! déclara Mrs Waverly avec chaleur. Ce n'est qu'un tissu de mensonges!

– Certes, l'histoire est bien mise, convint Poirot, mais jusqu'à présent, on n'a pu l'en faire démordre. Je crois qu'il a aussi formulé une accusation?

Poirot s'était adressé à Mr Waverly, lequel devint plus rouge que jamais.

– Ce type a eu l'audace de prétendre reconnaître Tredwell comme étant l'homme qui lui avait remis le paquet et qui aurait rasé sa moustache entre-temps! Tredwell, que j'ai toujours vu à notre service depuis ma plus tendre enfance!

L'indignation de Waverly fit vaguement sourire Poirot :

– Ne soupçonniez-vous pas vous-même quelqu'un de la maison d'avoir été complice du rapt?

– Oui, mais pas Tredwell.

– Et vous, madame? s'enquit brusquement Poirot en se tournant vers elle.

– Si la lettre et le paquet lui ont été remis par quelqu'un – ce dont je doute –, ce quelqu'un ne peut être Tredwell. Il déclare qu'on l'a chargé de cette commission à 10 heures du matin, heure à laquelle Tredwell se trouvait dans le fumoir avec mon mari.

– Avez-vous pu voir le visage de l'homme qui conduisait la voiture, Mr Waverly? Ressemblait-il plus ou moins à Tredwell?

– Je me trouvais trop loin pour distinguer ses traits.

– Savez-vous si Tredwell a un frère?

– Il en avait plusieurs, mais qui sont tous morts. Le dernier a été tué à la guerre.

– Je ne me rends pas très bien compte de la disposition de votre propriété. Vous m'avez dit que la voiture roulait à toute vitesse vers la grille sud. Existe-t-il une autre entrée?

– Oui, celle que nous appelons la grille est, et qu'on aperçoit de l'autre côté de la maison.

– Je trouve bizarre que personne n'ait vu cette voiture entrer dans le parc.

– C'est que pour accéder à une petite chapelle, il existe un droit de passage dans la propriété, dont usent beaucoup d'automobilistes. L'homme a dû arrêter la voiture à un emplacement d'où il lui a été facile de courir jusqu'à la maison lorsque l'alarme a été donnée et notre attention attirée d'un autre côté.

– A moins qu'il ne se soit trouvé déjà dans la maison, musa Poirot. Y a-t-il un endroit où il aurait pu se cacher?

– Evidemment, avant le drame, nous n'avions pas procédé à une fouille systématique de la maison, car cela nous paraissait inutile. Je suppose donc qu'il aurait pu se cacher quelque part. Mais qui l'aurait fait entrer?

– Nous verrons cela plus tard. Soyons méthodiques : une seule chose à la fois. Il n'y a pas de cachette spéciale dans la maison? Waverly Court est une de ces vieilles demeures dans lesquelles on trouve souvent ce que l'on appelle « la cache du prêtre »?

– Mais oui, c'est juste, nous en avons une! On y accède par un des panneaux du hall.

– A proximité de la Salle du Conseil?

– Juste à côté de sa porte.

– Alors voilà!

– Mais personne n'en connaît l'existence, en dehors de ma femme et moi.

– Et Tredwell?

– Ma foi, il a pu en avoir vent...

– Miss Collins?

– Je ne lui en ai jamais parlé.

Poirot réfléchit une minute, puis dit :

– Eh bien, monsieur, il ne me reste plus qu'à me rendre chez vous. Si j'arrive cet après-midi, cela vous convient-il?

– Oh! le plus tôt possible, monsieur Poirot, je vous en supplie! s'écria Mrs Waverly. Relisez donc ça!

Elle lui fourra dans les mains la lettre qui était parvenue le matin même aux Waverly et qui l'avait incitée à venir aussitôt trouver Poirot.

Il y était donné des indications aussi précises qu'astucieuses sur la façon dont le paiement de la rançon devait être effectué, et il était dit en conclusion que la vie de l'enfant ferait les frais de toute tentative de tricherie. Il était clair que chez Mrs Waverly l'amour de l'argent avait été en conflit avec l'amour maternel, mais que ce dernier avait fini par l'emporter.

Poirot la retint un instant après que son mari eut quitté la pièce.

– Madame, la vérité, je vous prie. Partagez-vous l'entière confiance qu'a votre mari dans ce maître d'hôtel, Tredwell?

– Je n'ai rien à lui reprocher, monsieur Poirot, et je ne vois pas comment il pourrait être mêlé à tout cela mais... J'avoue ne l'avoir jamais aimé... Jamais!

– Autre chose, madame : pouvez-vous me donner l'adresse de la nurse?

– 149 Netherhall Road, à Hammersmith. Vous n'imaginez quand même pas...

– Je n'imagine jamais rien. Mais je fais travailler mes petites cellules grises et quelquefois – quelquefois seulement – cela me donne une idée.

La porte refermée, Poirot se tourna vers moi en disant :

– Ainsi donc, Madame n'a jamais aimé le maître d'hôtel. C'est intéressant ça, n'est-ce pas, Hastings?

Je refusai de me prononcer. Poirot m'avait si souvent joué que désormais je me montrais prudent.

Après nous être habillés pour sortir, nous allâmes au 149 Netherhall Road, où nous eûmes la chance de trouver miss Jessie Withers chez elle. C'était une femme d'environ trente-cinq ans, au visage agréable et qui semblait extrêmement compétente. Je n'arrivai pas à croire qu'elle pût être mêlée à cette affaire. Tout en éprouvant un ressentiment plein d'amertume quant à la façon dont on l'avait congédiée, elle reconnut avoir été dans son tort. Fiancée à un décorateur qui se trouvait travailler dans le voisinage, elle s'était absentée un moment pour aller le voir. Cela me paraissait bien naturel, et je ne comprenais pas que Poirot pose à miss Withers des questions me paraissant n'avoir aucun lien avec l'enlèvement. Elles concernaient essentiellement son emploi du temps quotidien à Waverly Court. Je trouvai cela fastidieux et fus bien aise quand Poirot donna le signal du départ.

– Rien de plus facile qu'un kidnapping, mon ami, me dit-il tout en hélant un taxi auquel il demanda de nous conduire à la gare de Waterloo. Cet enfant aurait pu être enlevé sans difficulté aucune n'importe quel jour de ces trois dernières années.

– Je ne crois pas que cela nous avance beaucoup, fis-je observer froidement.

– Au contraire! Cela nous avance *énormément*! Si vous tenez à porter une épingle de cravate, Hastings, au moins piquez-la bien au milieu. En ce moment, vous l'avez un millimètre trop à droite.

Waverly Court était une belle maison ancienne, qui avait été récemment restaurée avec beaucoup de soin et de goût. Mr Waverly nous mena dans la Salle du Conseil, sur la terrasse, et aux différents endroits se rattachant à l'affaire. Finalement, à la demande de Poirot, il pressa un ressort dans le mur et tout un panneau glissa de côté, démasquant la « cache du prêtre ».

– Vous voyez, dit Waverly, il n'y a rien ici.

La minuscule pièce était vide et le sol ne présentait pas la moindre empreinte de pas. Je rejoignis Poirot qui étudiait attentivement quelque chose dans un angle.

– Que pensez-vous de ceci, mon ami! me demanda-t-il en continuant de regarder par terre.

Il y avait là quatre empreintes très rapprochées.

– Un chien! m'exclamai-je.

– Un tout petit chien, Hastings.

– Un Loulou de Poméranie.

– Plus petit qu'un loulou.

– Un griffon?

– Plus petit même qu'un griffon. Une espèce inconnue des éleveurs.

Je le regardai : son visage rayonnait de satisfaction.

– J'avais raison, murmura-t-il. Je savais que j'avais raison. Venez, Hastings.

Comme nous regagnions le hall et que le panneau se refermait derrière nous, une jeune femme sortit d'une pièce située un peu plus loin. Mr Waverly nous la présenta aussitôt :

– Miss Collins.

184

Agée d'une trentaine d'années, la secrétaire avait les cheveux d'un blond assez terne et portait un pince-nez.

A la demande de Poirot, nous allâmes dans un petit salon où il se livra à un interrogatoire serré de la jeune femme concernant les domestiques et plus particulièrement Tredwell. Elle avoua ne guère aimer le maître d'hôtel.

– Il est toujours à se donner des airs! expliqua-t-elle.

Puis il fut question de ce qu'avait mangé Mrs Waverly dans la soirée du 28. Miss Collins déclara avoir eu sa part des plats servis, qu'elle avait mangée dans sa chambre, sans éprouver le moindre malaise par la suite. Comme elle allait nous quitter, je donnai un coup de coude à Poirot.

– Le chien! lui chuchotai-je.

– Ah! oui, le chien..., approuva-t-il avec un large sourire. Y a-t-il un chien ici, mademoiselle?

– Il y a deux chiens de chasse dans le chenil.

– Non, je veux parler d'un petit chien... pareil à un jouet.

– Non... Rien de ce genre.

Poirot la laissa partir. Puis, tout en sonnant, il me confia :

– Elle ne dit pas la vérité mais peut-être que, à sa place, j'en ferais autant. Voyons maintenant le maître d'hôtel.

Tredwell était un personnage extrêmement digne, qui fit sa déposition avec beaucoup d'assurance, déposition corroborant celle de Mr Waverly. Il reconnut être au courant de la « cache du prêtre ».

Lorsqu'il se retira, toujours aussi pontifiant, je vis que Poirot me considérait d'un air interrogateur.

185

– Que pensez-vous de tout cela, Hastings?

– Et vous? contrai-je.

– Dieu! que vous voilà devenu prudent! Les cellules grises ne fonctionnent que si on les stimule. Ah! mais je ne veux pas vous taquiner... Opérons ensemble nos déductions. Qu'est-ce qui paraît présenter le plus de difficulté?

– Ce que je me demande, dis-je, c'est pourquoi l'homme qui a enlevé le gosse s'est enfui par la grille sud, alors que personne ne l'aurait vu s'il avait emprunté la grille est?

– Voilà une bonne, une excellente remarque, Hastings. Et je vais vous en faire une autre : pourquoi avoir prévenu les Waverly? Pourquoi ne pas avoir tout simplement enlevé l'enfant et réclamé ensuite une rançon?

– Parce qu'ils espéraient ainsi avoir l'argent sans être obligés de passer à l'action.

– Voyons! Il devait leur paraître bien improbable que l'argent soit versé sur une simple menace.

– Et puis ils voulaient centrer l'attention sur l'heure de midi, afin que, lorsque leur commissionnaire serait arrêté par la police, le ravisseur puisse sortir de sa cachette et disparaître avec l'enfant sans que personne s'en aperçoive.

– N'empêche qu'ils rendaient ainsi hasardeuse une affaire toute simple. S'ils n'avaient pas spécifié l'heure ou la date, rien ne leur était plus facile que de guetter l'occasion et d'enlever l'enfant en voiture un jour que sa nurse serait sortie le promener.

– Euh... oui, acquiesçai-je sans conviction.

– Maintenant, abordons le problème sous un autre angle. Tout tend à montrer qu'il y avait un complice dans la maison. D'abord le mystérieux empoisonnement de Mrs Waverly, puis la lettre

186

épinglée sur l'oreiller, et enfin le fait que l'on ait avancé l'horloge de dix minutes. Ajoutez à cela un détail dont vous ne vous êtes peut-être pas avisé : il n'y avait pas de poussière dans la « cache du prêtre »; le sol en avait été soigneusement balayé.

» Ces points acquis, considérons que nous avons quatre personnes à l'intérieur de la maison. Nous pouvons exclure la nurse qui, si elle était capable de faire le reste, n'aurait pu balayer la « cache du prêtre ». Quatre personnes : Mr et Mrs Waverly, Tredwell, et miss Collins. Commençons par cette dernière. Nous n'avons pas grand-chose contre elle mais nous ne savons pas non plus grand-chose sur elle, sauf que c'est une jeune femme intelligente et qui se trouve ici depuis un an.

– Vous avez dit qu'elle avait menti au sujet du chien, lui rappelai-je.

– Ah! oui, le chien...

Poirot eut un petit sourire et enchaîna :

– Passons maintenant à Tredwell. Plusieurs faits sont contre lui. D'abord, le vagabond déclare que c'est Tredwell qui lui a remis le paquet au village...

– Mais Tredwell possède un alibi à cet égard.

– Ce qui n'empêche quand même pas qu'il aurait pu empoisonner Mrs Waverly, épingler le billet sur l'oreiller, avancer l'horloge et balayer la cache. D'un autre côté, il a pratiquement toujours été au service des Waverly et ce serait donc invraisemblable qu'il ait pu manigancer l'enlèvement du fils de la maison. Ça ne cadre pas!

– Alors?

– Nous devons raisonner de façon logique, pour aussi absurde que puisse paraître la situation. Voyons un peu Mrs Waverly. Elle est riche, c'est

187

son argent qui a permis de restaurer magnifiquement cette vieille demeure. Elle n'aurait aucune
raison d'enlever son propre fils pour se verser une
rançon à elle-même. En ce qui concerne son mari,
c'est différent. Il a une femme riche, ce qui n'est pas
la même chose que d'être soi-même riche... Et j'ai
comme une vague idée que la dame est plutôt avare
de ses deniers, sauf raison majeure. Quant à Mr Waverly, on voit tout de suite que c'est un bon vivant,
sinon un viveur.

   – Impossible! m'exclamai-je.

   – Nullement. Qui a congédié les domestiques?
Mr Waverly. Il a pu écrire les différentes lettres,
droguer sa femme, avancer la grande aiguille de
l'horloge et fournir un excellent alibi à son fidèle
Tredwell. Celui-ci n'a jamais aimé Mrs Waverly. Il
est tout dévoué à son maître et prêt à lui obéir
aveuglément. Ils devaient être trois dans le coup :
Waverly, Tredwell et quelque ami de Waverly. L'erreur de la police a été de ne pas mener une enquête
plus approfondie sur le conducteur de la voiture
grise roulant avec un autre enfant. C'était le troisième homme. Il a ramassé dans un village proche
un gosse, blond comme le petit Johnnie. Il est entré
par la grille est et a traversé le parc pour ressortir
juste au bon moment par la grille sud, en ayant soin
de surcroît de crier en agitant la main. Les témoins
n'ayant pu voir son visage, non plus que le numéro
de la voiture, étaient donc tout aussi incapables de
distinguer les traits de l'enfant. Ainsi fut établie une
fausse piste en direction de Londres. Entre-temps,
Tredwell avait joué son rôle en chargeant un mes-
sager de piètre allure d'aller porter le paquet et la
lettre. Son maître était là pour lui fournir un alibi,
au cas improbable où le vagabond le reconnaîtrait

en dépit de la fausse moustache dont ....
soin de s'affubler. Quant à Mr Waverly, dès que ..
confusion se déchaîne au-dehors et que l'inspecteur
se précipite voir ce qui se passe, il mène vivement
l'enfant dans la cachette et rejoint aussitôt les
policiers dans le parc. Au cours de la journée,
lorsque l'inspecteur est parti et que miss Collins
n'est pas là, il est facile à Waverly d'emmener
l'enfant ailleurs en utilisant sa propre voiture.

– Mais le chien? m'enquis-je. Et le mensonge de
miss Collins?

– Ça, c'est une petite plaisanterie de ma part! J'ai
demandé à miss Collins s'il y avait dans la maison
de ces petits chiens pareils à des jouets. Elle m'a
répondu que non, alors qu'il s'en trouve certainement... dans la nursery! Vous comprenez : Mr Waverly avait placé quelques jouets dans la cache du
prêtre pour que Johnnie s'amuse et reste tranquille.

– Monsieur Poirot...
Waverly nous rejoignait.

– Avez-vous découvert quelque chose? Avez-vous
idée de l'endroit où l'enfant peut être détenu?

– Oui, répondit Poirot en lui tendant un papier.
Voici l'adresse.

– Mais vous me donnez une feuille blanche?

– Parce que j'attends que vous m'y inscriviez
vous-même l'adresse.

– Qu'est-ce que...? postillonna Mr Waverly en se
congestionnant.

– Je sais tout, monsieur. Je vous donne vingt-
quatre heures pour ramener l'enfant. Vous êtes
suffisamment ingénieux pour pouvoir expliquer son
retour. Dans le cas contraire, Mrs Waverly sera

189

informée très exactement de tout ce qui s'est passé.

Se laissant choir sur une chaise, Waverly enfouit son visage dans ses mains :

– Il est chez ma vieille nourrice, à quinze kilomètres d'ici. On a grand soin de lui et il est parfaitement heureux.

– Je n'en doute pas. Si je pensais que vous n'êtes pas un bon père, je ne serais pas disposé à vous laisser une chance de vous en tirer.

– Le scandale...

– Précisément, oui. Vous appartenez à une vieille et honorable famille. Ne vous risquez jamais plus à salir le nom que vous portez. Bonsoir, Mr Waverly. Ah! un dernier conseil : lorsque vous balayez, n'oubliez pas de le faire aussi dans les coins!

LE MASQUE

IMPRIMÉ EN FRANCE PAR BRODARD ET TAUPIN
58, rue Jean Bleuzen - Vanves - Usine de La Flèche.
ISBN : 2 - 7024 - 1608 - X

H 52/1844/1